巴黎的鳞爪

小曼署

這幾篇短文，小曼，大都是在你的小書桌上寫得的。在你的書桌上寫得：意思是不容易。設想一隻沒遮攔的小貓儘跟你搗亂：抓破你的稿紙，踹翻你的墨盂，襲擊你正搖着的筆桿，還來你鬢髮邊擦一下，手腕上齦一口，假着你鼻尖『愛我』的一聲叫又跳跑了！但我就愛這搗亂，蜜甜的搗亂，抓破了我的手背我都不怨，我的乖！我記得我的一首小詩裏有『假如她清風似的常在我的左右』，現在我只要你小貓似的常在我的左右！

你又該撅嘴生氣了吧，曼，說來好像拿你比小貓。你又該說我輕薄相了吧。憑良心我不能不對你恭敬的表示謝意。因爲你給我的是最嚴正的批評（在你玩兒彀了的時候），你確是有評判的本能，你從不容許我絲毫的『臭美』，你永遠鞭策我向前，你是我的字業上的諍友！新近我懶散得太不成話了，也許這就是駑馬的真相，但是曼，你不妨到時候再揚一揚你的鞭絲，試試他這羸倒是真的還是裝的。

志摩八月二十日

目錄

巴黎的鱗爪

咳巴黎！　到過巴黎的一定不會再希罕天堂；嘗過巴黎的，老實說，連地獄都不想去了。　整個的巴黎就像是一床野鴨絨的墊褥，襯得你通體舒泰，硬骨頭都給薰酥了的——有時許太熱一些。　那也不礙事，只要你受得住。　讚美是多餘的，正如讚美天堂是多餘的；咒詛也是多餘的，正如咒詛地獄是多餘的。　巴黎，軟綿綿的巴黎，只在你臨別的時候輕輕地囑咐一聲『別忘了，再來！』　其實連這都是多餘的。　誰不想再去？　誰忘得了？

香草在你的脚下，春風在你的臉上，微笑在你的周遭。　不拘束你，不責備你，不督飭你，不窘你，不惱你，不揉你。　它摟着你，可不縛住你：是一條温存的臂膀，不是根繩子。　它不是不讓你跑，但它那招逗的指尖卻永遠在你的記憶裏晃着。 多輕盈的步履，羅襪的絲光隨時可以沾上你記憶的顏色！

但巴黎卻不是單調的喜劇。 賽因河的柔波裏掩映着羅浮宮的倩影，它也收藏着不少失意人最後的呼吸。 流着，溫馴的水波；流着，纏綿的恩怨。 咖啡館：和着交頸的軟語，開懷的笑響，有踞坐在屋隅裏蓬頭少年計較自毀的哀思。 跳舞場：和着翻飛的樂調，迷醇的酒香，有獨自支頤的少婦思量着往蹟的愴心。 浮動在上一層的許是光明，是歡暢，是快樂，是甜蜜，是和諧；但沈殿在底裏陽光照不到的才是人事經驗的本質：說重一點是悲哀，說輕一點是惆悵：誰不願意永遠在輕快的流波裏漾着，可得留神了你往深處去時的發見！

○　○　○　○　○

一天一個從巴黎來的朋友找我閒談，談起了勁，茶也沒喝，煙也沒吸，一直從黃昏談到天亮，才各自上床去躺了一歇，我一闔眼就回到了巴黎，方才朋友講的情境惝怳的把我自己也纏了進去；這巴黎的夢眞醇人，醇你的心，醇你的意志，醇你的四肢百體，那味兒除是親嘗過的誰能想像！——我醒過來時還是迷糊的忘了我在那兒，剛巧一個小朋友進房來站在我的床前笑吟吟喊我『你做什麼夢來了，朋友，爲什麼兩眼潮潮的像哭似的？』我伸手一摸，果然眼裏有水，不覺也失笑了——可是朝來的夢，一個詩人說的，同是這悲涼滋味，正不知這淚是爲那一個夢流的呢！

下面寫下的不成文章，不是小說，不是寫實，也不是寫夢，——在我寫的人只當是隨口曲，南邊人說的「出門不認貨」，隨你們寬容的讀者們怎樣看罷。

○ ○ ○ ○ ○

出門人也不能太小心了，走道總得帶些探險的意味。生活的趣味大半就在不預期的發見，要是所有的明天全是今天刻板的化身，那我們活什麼來了？正如小孩子上山就得採花，到海邊就得檢貝殼，書獃子進圖書館想撈新智慧——出門人到了巴黎就想……

你的批評也不能過分嚴正不是？少年老成——什麼話！老成是老年人的特權，也是他們的本分；說來也不是他們甘願，他們是到了年紀不得不。少年人如何能老成？老成了才是怪哪！

放寬一點說，人生只是個機緣巧合；別瞧日常生活河水似的流得平順，它那裏面多的是潛流，多的是漩渦——輪着的時候誰躲得了給捲了進去？那就是你發愁的時候，是你登仙的時候，是你辨着酸的時候，是你嘗着甜的時候。

巴黎也不定比別的地方怎樣不同：不同就在那邊生活流波裏的潛

流更猛，漩渦更急，因此你叫給捲進去的機會也就更多。

我趕快得聲明我是沒有叫巴黎的漩渦給淹了去——雖則也就夠險。

多半的時候我只是站在賽因河岸邊看熱鬧，下水去的時候也不能說沒有，但至多也不過在靠岸淺處溜着，從沒敢往深處跑——這來漩渦的紋螺，勢道，力量，可比遠在岸上時認清楚多了。

（一）九小時的萍水緣

我忘不了她。她是在人生的急流裏轉着的一張萍葉，我見着了它，掬在手裏把玩了一晌，依舊交還給它的命運，任它飄流去——它以前的飄泊我不會見來，它以後的飄泊，我也見不着，但就這曾經相識匆匆的恩緣——實際上我與她相處不過九小時——已在我的心泥上印下蹤跡，我如何能忘，在憶起時如何能不感須臾的惆悵？

那天我坐在那熱鬧的飯店裏瞥眼看着她，她獨坐在燈光最闇淡的屋角裏，這屋內那一個男子不帶媚態，那一個女子的胭脂口上不沾笑容，就只她：穿一身淡素衣裳，戴一頂寬邊的黑帽，在髯密的睫毛上隱隱閃亮着深思的目光——我幾乎疑心她是修道院的女僧偶爾到紅塵裏隨喜來了。

我不能不接着注意她，她的別樣的支頤的倦態，她的曼長的手指，她的落漠的神情，有意無意間的歎息，在在都激發我的好奇——雖則我那時左邊已經坐下了一個瘦的，右邊來了肥的，四條光滑的手臂不住的在我面前晃着酒杯。 但更使我奇異的是她不等跳舞開始就匆匆的出去了，好像害怕或是厭惡似的。 第一晚這樣，第二晚又是這樣：獨自默默的坐著，到時候又匆匆的離去。 到了第三晚她再來的時候我再也忍不住不想法接近她。 第一次得著的回音，雖則是『多謝好意，我再不願交友』的一個拒絕，只是加深了我的同情的好奇。我再不能放過她。巴黎的好處就在處處近人情；愛慕的自由是永遠容許的。你見誰愛慕誰想接近誰，決不是犯罪，除非你在經程中洩漏了你的蠢氣暴氣，陋相或是貧相，那不是文明的巴黎人所能容忍的。只要你「識相」，上海人說的，什麼可能的機會你都可以利用。對方人理你不理你，當然又是一回事；但只要你的步驟對，文明的巴黎人決不讓你難堪。

我不能放過她。第二次我大膽寫了個字條付中間人——店主人——交去。我心裏直怔怔的怕討沒趣。可是回話來了——她就走了，你跟着去吧。

她果然在飯店門口等着我。

你為什麼一定要找我說話，先生，像我這再不願意有朋友的人？

她張着大眼看我，口唇微微的顫着。

我的冒昧是不望恕的，但是我看了你憂鬱的神情我足足難受了三天，也不知怎的我就想接近你，和你談一次話，如其你許我，那就是我的想望，再沒有別的意思。

眞的她那眼內綻出了淚來，我話還沒說完。

想不到我的心事又叫一個異邦人看透了……她聲音都啞了。

我們在路燈的燈光下默默的互注了一晌，並着肩沿馬路走去，走不到多遠她說不能走，我就問了她的允許雇車坐上，直望波龍尼大林園清涼的暑夜裏兜去。

原來如此，難怪你聽了跳舞的音樂像是厭惡似的，但旣然不願意何以每晚還去？

那是我的感情作用；我有些捨不得不去，我在巴黎一天，那是我最初遇見——他的地方，但那時候的我……可是你眞的同情我的際遇嗎，先生？我快有兩個月不開口了，不瞞你說，今晚見了你我再也不能制止，我爽性說給你我的生平的始末吧，只要你不嫌。我們還是回那飯莊去罷。

你不是厭煩跳舞的音樂嗎？

她初次笑了。多齊整潔白的牙齒，在道上的幽光裏亮着！有了你我的生氣就回復了不少，我還怕什麼音樂？

我們倆重進飯莊去選一個基角坐下，喝完了兩瓶香檳，從十一時舞影最凌亂時談起，直到早三時客人散盡侍役打掃屋子時才起身走，我在他的可憐身世的演述中遺忘了一切，當前的歌舞再不能分我絲毫的注意。

下面是她的自述。

我是在巴黎生長的。我從小就愛讀天方夜譚的故事，以及當代描寫東方的文學；阿東方，我的童真的夢魂那一刻不在它的玫瑰園中留戀？十四歲那年我的姊姊帶我上比京去住，她在那邊開一個時式的帽鋪，有一天我看見一個小身材的中國人來買帽子，我就覺着奇怪，一來他長得異樣的清秀，二來他爲什麼要來買那樣時式的女帽；到了下午一個女太太拿了方才買去的帽子來換了，我姊姊就問她那中國人是誰，她說是她的丈夫，說開了頭她就講她當初怎樣爲愛他觸怒了自己的父母，結果斷絕了家庭和他結婚，但她一點也不追悔因爲她的中國丈夫待她怎樣好法，她不信西方人會得像他那樣體貼，那樣温存。我再也忘不了她說話時滿心怡悅的笑容。從此我仰慕東方的私衷又添深了一層顏色。

我再回巴黎的時候已經長成了，我父親是最寵愛我的，我要什麼他就給我什麼。我那時就愛跳舞，阿，那些迷醉輕易的時光，巴黎那一處舞場上不見我的舞影。　我的妙齡，我的顏色，我的體態，我的聰慧，尤其是我那媚人的大眼——阿，如今你見的只是悲慘的餘生再不留當時的丰韻——制定了我初期的墮落。　我說墮落不是？是的，墮落，人生那處不是墮落，這社會那裏容得一個有姿色的女人保全她的清潔？　我正快走入險路的時候，我那慈愛的老父早已看出我的傾向，私下安排了一個機會，叫我與一個有爵位的英國人接近。一個十七歲的女子那有什麼主意，在兩個月內我就做了新娘。

說起那四年結婚的生活，我也不應得過分的抱怨，但我們歐洲的勢利的社會實在是樹心裏生了蠹，我怕再沒有回復健康的希望。　我到倫敦去做貴婦人時我還是個天眞的孩子，那有什麼機心，那懂得虛僞的卑鄙的人間的底裏，我又是個外國人，到處遭受嫉忌與批評。還有我那叫名的丈夫。　他娶我究竟爲什麼動機我始終不明白，許貪我年輕貪我貌美帶回家去廣告他自己的手段，因為眞的我不會感著他一息的眞情；新婚不到幾時他就對我冷淡了，其實他就沒有熱過，碰巧我是個傻孩子，一天不聽著一半句軟語，不受些溫柔的憐惜，到晚上我就不自制的悲傷。

他有的是錢，有的是趨奉諂媚，成天在外打獵作樂，我愁了不來慰我，我病了不來問我，連著三年抑鬱的生涯完全消滅了我原來活潑快樂的天機，到第四年實在躭不住了，我與他吵一場回巴黎再見我父親的時候，他幾乎不認識我了。

我自此就永別了我的英國丈夫。

因為雖則實際的離婚手續在他方面到前年方始辦理，他從我走了後也就不再來顧問我——這算是歐洲人夫妻的情分！

我從倫敦回到巴黎，就比久困的雀兒重復飛回了林中，眼內又有了笑，臉上又添了春色，不但身體好多，就連童年時的種種想望又在我心頭活了回來。

三四年結婚的經驗更叫我厭惡西歐，更叫我神往東方。　東方，阿浪漫的多情的東方！　我心裏常常的懷念著。有一晚，那一個運定的晚上，我就在這屋子內見著了他，與今晚一樣的歌聲，一樣的舞影，想起還不就是昨天，多飛快的光陰，就可憐我一個單薄的女子，無端叫運神擺佈，在情網裏顚連，在經驗的苦海裏沈淪，朋友，我自分是已經埋葬了的活人，你何苦又來逼著我把往事掘起，我的話是簡短的，但我身受的苦惱，朋友，你信我，是不可量的；你望我的眼裏看，憑着你的同情你可以在刹那間領會我靈魂的眞際！

他是菲利濱人，也不知怎的我初次見面就迷了他。　他膚色是深黃的，但他的性情是不可信的溫柔；他身材是短的，但他的私語有多叫人魂銷的魔力？　阿，我到如今還不能怨他；我愛他太深，我愛他太眞，我如何能一刻忘他，雖則他到後來也是一樣的薄情，一樣的冷酷。

你不倦麼，朋友，等我講給你聽？

我自從認識了他我便傾注給他我滿懷的柔情，我想他，那負心的他，也夠他的享受，那三個月神仙似的生活！我們差不多每晚在此聚會的。秘談是他與我，歡舞是他與我，人間再有更甜美的經驗嗎？朋友你知道痴心人赤心愛戀的瘋狂嗎？因爲不僅滿足了我私心的想望，我十多年夢魂繚繞的東方理想的實現。有他我什麼都有了，此外我更有什麼沾戀？因此等到我家裏爲這事情與我開始交涉的時候，我更不躊躇的與我生身的父母根本決絕。我此時又想起了我垂髫時在比京見著的那個嫁中國人的女子，她與我一樣也爲了痴情犧牲一切，我只希冀她這時還能保持着她那純愛的生活，不比我這失運人成天在幻滅的辛辣中回味。

我愛定了他。他是在巴黎求學的，不是貴族，也不是富人，那更使我放心，因爲我早年的經驗使我迷信眞愛情是窮人才能供給的。誰知他騙了我——他家裏也是有錢的，那時我在熱戀中拋棄了家，犧牲了名譽，跟了這黃臉人離却巴黎，辭別歐洲，經過一個月的海程，我就到了我理想的燦爛的東方。阿我那時的希望與快樂！但才出了紅海，他就上了心事，經我再三的逼他才告訴他家裏的實情，他父親是菲利濱最有錢的土著，性情是極嚴厲的，他怕輕易不能收受她進他們的家庭。我眞不願意把此後可憐的身世煩你的聽，朋友，但那才是我痴心人的結果，你耐心聽着吧！

東方，東方才是我的煩惱！我這回投進了一個更陌生的社會，呼吸更沈悶的空氣；他們自己中間也許有他們溫輭的人情，但輪着我的却一樣還只是猜忌與譏刻，更不容情的刺襲我的孤獨的性靈。果然他的家庭不容我進門，把我看作一個『巴黎淌來的可疑的婦人』。

我爲愛他也不知忍受了多少不可忍的侮辱，吞了多少悲淚，但我自慰的是他對我不變的恩情。

因爲在初到的一時他還是不時來慰我——我獨自賃屋住着。

但慢慢的也不知是人言浸潤還是他原來愛我不深，他竟然表示割絕我的意思。

朋友，試想我這孤身女子犧牲了一切爲的還不是他的愛，如今連他都離了我，那我更有什麼生機？

我怎的始終不曾自毀，我至今還不信，因爲我那時眞的是沒路走了。我又沒有錢，他狠心丟了我，我如何能再去纏他，這也許是我們白種人的倔強，我不久便揩乾了眼淚，出門去自尋活路。

我在一個非美合種人的家裏尋得了一個保姆的職務；天幸我生性是耐煩領小孩的——我在倫敦的日子沒孩子管我就養猫弄狗——救活我的是那三五個活靈的孩子，黑頭髮短手指的乖乖。

在那炎熱的島上我是過了兩年沒顏色的生活，得了一次凶險的熱病

從此我面上再不存青年期的光

彩。

我的心境正稍稍回復平衡的時候兩件不幸的事情又臨着了我：一件是我那他與另一女子的結婚，這消息使我昏絕了過去，一件是被我棄絕的慈父也不知怎的問得了我的踪跡來電說他老病快死要我回去。阿天罰我！等我趕回巴黎的時候正好趕着與老人訣別，懺悔我先前的造孽！

從此我在人間還有什麼意趣？我只是個實體的鬼影，活動的屍體；我的心也早就死了，再也不起波瀾；在初次失望的時候我想像中還有個遼遠的東方，但如今東方只在我的心上留下一個鮮明的新傷，我更有什麼希冀，更有什麼心情？但我每晚還是不自主的到這飯店裏來小坐，正如死去的鬼魂忘不了他的老家！我這一生的經驗本不想再向人前吐露的，誰知又碰着了你，苦苦的追着我，逼我再一度撩撥死盡的火灰，這來你夠明白了，為什麼我老是這落漠的神情，我猜你也是過路的客人，我深深自幸又接近一次人情的温慰，但我不敢希望什麼，我的心是死定了的，時候也不早了，你看方才舞影凌亂的地板上現在只賸一片冷淡的燈光，侍役們已經收拾乾淨，我們也該走了，再會吧，多情的朋友！

（二）『先生，你見過豔麗的肉沒有？』

我在巴黎時常去看一個朋友，他是一個畫家，住在一條老閘着魚腥的小街底頭一所老屋子的頂上一個A字式的尖閣裏，光線闇慘得怕人，白天就靠兩塊日光膜子大小的玻璃窗給裝裝幌，反正住的人不嫌就得，他是照例不過正午不起身，不近天亮不上床的一位先生，下午他也不居家，起碼總得上燈的時候他才脫下了他的外褂露出兩條破爛的臂膀埋身在他那豔麗的垃圾窩裏開始他的工作。

豔麗的垃圾窩——它本身就是一幅妙畫！我說給你聽聽。貼牆有精窄的一條上面蓋着黑毛氈的算是他的床，在這上面就准你規規矩矩的躺着，不說起坐一定札腦袋，就連翻身也不免冒犯斜着下來永遠不退讓的屋頂先生的身分！承着頂尖全屋子頂寬舒的部分放着他的書桌——我揑着一把汗叫它書桌，其實還用提嗎，上邊什麼法寶都有，畫册子，稿本，黑炭，顏色盤子，爛襪子，領結，軟領子，熱水瓶子壓癟了的，燒乾了的酒精燈，電筒，各色的藥瓶，彩油瓶，髒手絹，斷頭的筆桿，沒有蓋的墨水瓶子，一柄手槍，那是嚇不過我化七法郎在密歇耳大街路旁舊貨攤上換來的，照相鏡子，小手鏡，斷齒的梳子，蜜膏，晚上喝不完的咖啡盃，詳夢的小書，還有——還有可疑的小紙盒兒，凡士林一類的油膏，……一隻破木板箱一頭漆着名字上面蒙着一塊灰色布的是他的梳粧台兼書架，一個洋磁面盆半盆的胰子水似乎都叫一部舊板的盧騷集子給饕了去，一頂便帽套在洋瓷長提壺的耳柄上，從袋底裏倒出來的小銅錢錯落的散着像是土耳其人的符咒，幾隻稀小的爛蘋果圍着一條破香蕉像是一羣大學教授們圍着一個教育次長索薪……

壁上看得更斑爛了：這是我頂得意的一張龐那的底稿當廢紙買來的，這是我臨蒙內的裸體，不十分行，我來撩起燈罩你可以看清楚一點，草色太濃了，那膝部畫壞了，這一小幅更名貴，你認是誰，羅丹的！那是我前年最大的運氣，也算是錯來的，老巴黎就是這點子便宜，挨了年着八個月的餓不要緊，只要有機會撈着眞東西，這還不值得！那邊一張擠在兩幅油畫縫裏的，你見了沒有，也是有來歷的，那是我前年趁馬克倒霉路過佛蘭克福德時夾手搶來的，是眞的孟察爾都難說，就差糊了一點，現在你給三千佛郎我都不賣，加倍再加倍都值，你信不信？　再看那一長條……在他那手指東點西的賣弄他的家珍的時候，你竟會忘了你站着的地方是不夠六尺闊的一間閣樓，倒像跨在你頭頂那兩爿斜着下來的屋頂也順着他那藝術談法術似的隱了去，露出一個爽愷的高天，壁上的疙瘩，壁蟢窠，霉塊，釘疤，全化成了哥羅畫幀中『飄颻欲化煙』的最美麗林樹與輕快的流澗；桌上的破領帶及手絹爛香蕉臭襪子等等也全變形成戴大闊邊稻草帽的牧童門，偎着樹打盹的，牽着牛在澗裏喝水的，手反襯着腦袋放平在青草地上瞪眼看天的，斜眼瞄着那邊走進來的娘們手按着音腔吹橫笛的——可不是那邊來了一羣娘們，全是年歲青青的，露着胸膛，散着頭髮，還有光着白腿的在青草地上跳着來了？……唵！　小心札腦袋，這屋子眞扁紐，你出什麼神來了？　想着你的 Bel Ami 對不對？你到巴黎快半個月，該早有落兒了，這年頭收成眞容易——嘸，太容易了！　誰說巴黎不是理想的地獄？　你吸煙斗嗎？　這兒有自來火。　對不起，屋子裏除了床，就是那張彈簧早經追悼過了的沙發，你坐坐吧，給你一個墊子，這是全屋子頂溫柔的一樣東西。

不錯，那沙發，這閣樓上要沒有那張沙發，主人的風格就落了一個極重要的原素。　說它肚子裏的彈簧完全沒了勁，在主人說是太謙，在我說是簡直汚衊了它。　因爲分明有一部分內簧是不曾死透的，那在正中間，看來倒像是一座分水嶺，左右都是往下傾的，我初坐下時不提防它還有彈力，倒叫我駭了一下；靠手的套布可眞是全霉了，露着黑黑黃黃不知是什麼貨色，活像主人襯衫的袖子。　我正落了坐，他咬了咬嘴唇翻一翻眼珠微微的笑了。　笑什麼了你？　我笑——你坐上沙發那樣兒叫我想起愛菱。　愛菱是誰？　她呀——她是我第一個模特兒。　模特兒？　你的？　你的破房子還有模特兒，你

特

這窮鬼化得起……別急，究竟是中國初來的，聽了模特兒就這樣的起勁，看你那脖子都上了紅印了！本來不算事，當然，可是我說像你這樣的破鷄棚……破鷄棚便怎麼樣，耶穌生在馬號裏的，安琪兒們都在馬矢裏跪着禮拜哪！別忙，好朋友，我講你聽。如其巴黎人有一個好處，他就是不勢利！中國人頂糟了，這一點；窮人有窮人的勢利，闊人有闊人的勢利，半不闌珊的有半不闌珊的勢利——那才是半開化，才是野蠻！你看像我這樣子，頭髮像刺蝟，八九天不刮的破鬍子，半年不收拾的髒衣服，鞋帶扣不上的皮鞋——要在中國，誰不叫我外國叫化子，那配進北京飯店一類的勢利場；可是在巴黎，我就這樣兒隨便問那一個衣服頂漂亮脖子搽得頂香的娘們跳舞，十回就有九回成，你信不信？至於模特兒，那更不成話，那有在巴黎學美術的，不論多窮，一年裏不換十來個眼珠亮亮的來坐樣兒？屋子破更算什麼？　波希民的生活就是這樣，按你說模特兒就不該坐壞沙發，你得準備杏黃貢緞繡丹鳳朝陽做墊的太師椅請她坐你才安心對不對？　再說……

別再說了！　算我少見世面，算我是鄉下老戇，得了；可是說起模特兒，我倒有點好奇，你何妨講些經驗給我長長見識？　有眞好的沒有？

我們在美術院裏見著的什麼維納絲得米羅，維納絲梅第妻，還有鐵青的，魯班師的，鮑第千里的，丁稻來篤的，箕奥其安內的裸體實在是太美，太理想，太不可能，太不可思議；反面說，新派的比如雪尼約克的，瑪提斯的，塞尙的，高耿的，弗朗刺馬克的，又是太醜，太損，大不像人，一樣的太不可能，太不可思議。　人體美，究竟怎麼一回事，我們不幸生長在中國女人衣服一直穿到下巴底下腰身與後部看不出多大分別的世界裏，實在是太蒙昧無知，太不開眼。

可是再說呢，東方人也許根本就不該叫人開眼的，你看過約翰巴里士那本沙揚娜拉沒有，他那一段形容一個日本裸體舞女——就是一張臉子粉搽得像棺材裏爬起來的顏色，此外耳朵以後下巴以下就比如一節蒸不透的珍珠米！——看了眞叫人惡心。 你們學美術的才有第一手的經驗，我倒是……

你倒是眞有點羨慕，對不對？ 不怪你，人總是人。 不瞞你說，我學畫畫原來的動機也就是這點子對人體秘密的好奇。 你說我窮相，不錯，我眞是窮，飯都吃不出，衣都穿不全，可是模特兒——我怎麼也省不了。 這對人體美的欣賞在我已經成了一種生理的要求，必要的奢侈，不可擺脫的嗜好；我寧可少吃儉穿，省下幾個佛郎來多雇幾個模特兒。 你簡直可以說我是著了迷，成了病，發了瘋，愛說什麼就什麼，我都承認——我就不能一天沒有一個精光的女人就在我的面前供養，安慰，餵飽我的『眼淫』。當初羅丹我猜也一定與我一樣的狠狽，據說他那房子裏老是有剝光了的女人，也不爲坐樣兒，單看她們日常生活『實際的』多變化的姿態——他是一個牧羊人，成天看着一羣剝了毛皮的馴羊！魯班師那位窮凶極惡的大手筆，說是常難爲他太太做模特兒，結果因爲他成天不斷的畫他太太竟許連穿褲子的空兒都難得有！但如果這話是眞的魯班師還是太傻，難怪他那畫裏的女人都是這剝白豬似的單調，少變化；美的分配在人體上是極神祕的一個現象，我不信有理想的全材，不論男女我想幾乎是不可能的；上帝拿着一把顏色望地面上撒，玫瑰，羅蘭，石榴，玉簪，剪秋羅，各樣都沾到了一種或幾種的彩澤，但決沒有一種花包涵所有可能的色調的，那如其有，按理論講，豈不是又得回復了沒顏色的本相？人體美也是這樣的，有的美在胸部，有的腰部，有的下部，有的頭髮，有的手，有的脚踝，那不可理解的骨格，筋肉，肌理的會合，形成各各不同的線條，色調的變化，皮面的漲度，毛管的分配，天然的姿態，不可制止的表情——也得你不怕麻煩細心體會發見去，上帝沒有這樣便宜你的事情，他決不給你一個具體的絕對美，如果有我們所有藝術的努力就沒了意義；巧妙就在你明知這山裏有金子，可是在那一點你得自己下工夫去找。 阿！說起這藝術家審美的本能，我眞要閉看眼感謝上帝——要不是它，豈不是所有人體的美，說窄一點，都變了古長安道上歷代帝王的墓窟，全叫一層或幾層薄薄的衣服給埋沒了！ 回頭我給你看我那張破床底下有一本寶貝，我這十年血汗辛苦的成績——千把張的人體臨摹，而且十分之九是在這間破雞棚裏鈎下的，別看低我這張彈簧早經追悼了的沙發，這上面落坐過至少一二百個當得起美字的女人！ 別提專門做模特兒的，巴黎那一個不知道俺家黃臉什麼，那不算希奇，我自負的是我獨到的發見：一半因爲看多了緣故，女人肉的引誘在我差不多完全消滅在美的欣賞裏面，結果在我這雙『淫眼』看來，一絲不掛的女人就同紫霞宮裏翻出來的屍首穿得重重密密的搖不動我的性欲，反面說當眞穿着得極整齊的女人，不論她在人堆裏站着，在路上走着，只要我的眼到，她的衣服的障礙就無形的消滅，正如老練的礦師一瞥就認出鑛苗，我這美術本能也是一瞥就認出「美苗」，一百次裏錯不了一次；每回發見了可能的時候，我就非想法找到她剝光了她叫我看個滿意不成，上帝保佑這文明的巴黎，我失望的時候眞難得有！ 我記得有一次在戲院子看着了一個貴婦人，實在沒法想（我當然試來）我那難受就不用提了，比發瘧疾還難受——她那特長分明是在小腹與……

夠了夠了！ 我倒叫你說得心癢癢的。 人體美！ 這門學問，這門福氣，我們不幸生長在東方誰有機會研究享受過來？　可是我既然到了巴黎，又幸氣碰着你，我倒眞想叨你的光開開我的眼，你得替我想法，要找在你這宏富的經驗中比較最貼近理想的一個看看……

你又錯了！　什麼，你意思花就許巴黎的花香，人體就許巴黎的美嗎？　太滅自己的威風了！　別信那巴理士什麼沙揚娜拉的胡說；聽我說，正如東方的玫瑰不比西方的玫瑰差什麼香味，東方的人體在得到相當的栽培以後，也同樣不能比西方的人體差什麼美——除了天然的限度，比如骨格的大小，皮膚的色彩。　同時頂要緊的當然要你自己性靈裏有審美的活動，你得有眼睛，要不然這宇宙不論它本身多美多神奇在你還是白來的。　我在巴黎苦過這十年，就爲前途有一個宏願：我要張大了我這經過訓練的『淫眼』到東方去發見人體美——誰說我沒有大文章做出來？　至於你要借我的光開開眼，那是最容易不過的事情，可是我想想——可惜了！　有個馬達姆朗洒，原先在巴黎大學當物理講師的，你看了準忘不了，現在可不在了，到倫敦去了；還有一個馬達姆薛托漾，她是遠在南邊鄉下開麵包鋪子的，她就夠打倒你所有的丁稻來篤，所有的鐵青，所有的箕奧其安內——尤其是給你這未入流看，長得太美了，她通體就看不出一根骨頭的影子，全叫匀匀的肉給隱住的，圓的，潤的，有一致節奏的，那妙是一百個哥蒂藹也形容不全的，尤其是她那腰以下的結構，眞是奇蹟！　你從意大利來該見過西龍尼維納絲的殘象，就那也只能彷彿，你不知道那活的氣息的神奇，什麼大藝術天才都沒法移植到畫布上或是石塑上去的（因此我常常自己心裏辨論究竟是藝術高出自然還是自然高出藝術，我怕上帝僭先的機會畢竟比凡人多些）；不提別的單就她站在那裏你看，從小腹接櫳上股那兩條交薈的弧線起直往下貫到腳著地處止，那肉的浪紋就比是——實在是無可比——你夢裏聽着的音樂：不可信的輕柔，不可信的勻淨，不可信的韻味——說粗一點，那兩股相並處的一條線直貫到底，不漏一屑的破綻，你想通過一根髮絲或是吹度一絲風息都是絕對不可能的——但同時又決不是肥肉的黏著，那就呆了。眞是夢！　唉，就可惜多美一個天才偏叫一個身高六尺三寸長紅鬍子的麵包師給糟蹋了；眞的這世上的因緣說來眞怪，我很少看見美婦人不嫁給猴子類牛類水馬類的醜男人！　但這是支話。　眼前我招得到的，夠資格的也就不少——有了，方才你坐上這沙發的時候叫我想起了愛蔆，也許你與她有緣分，我就爲你招她去吧，我想應該可以容易招到的。　可是上那兒呢？　這屋子終究不是欣賞美婦人的理想背景，第一不夠開展，第二光線不夠——至少爲外行人像你一類著想……我有了一個頂好的主意，你遠來客我也該獨出心裁招待你一次，好在愛菱與我特別的熟，我要她怎麼她就怎麼；暫且約定後天吧。你上午十二點到我這里來，我們一同到芳丹薄羅的大森林裏去，那是我常遊的地方，尤其是阿房奇石相近一帶，那邊有的是天然的地毯，這一時是自然最妖艷的日子，草青得滴得出翠來，樹綠得漲得出油來，松鼠滿地滿樹都是，也不很怕人，頂好玩的，我們決計到那一帶去祕密野餐吧——至於『開眼』的話，我包你一個百二十分的滿足，將來一定是你從歐洲帶回家最不易磨滅的一個印象！一切有我佈置去，你要是願意貢獻的話，也不用別的，就要你多買大楊梅，再帶一瓶橘子酒，一瓶綠酒，我們享半天閒福去。現在我講得也累了，我得躺一會兒，我拿我床底下那本祕本給你先揣摹揣摹……

○　○　○　○　○

隔一天我們從芳丹薄羅林子裏回巴黎的時候，我髣髴剛做了一個最荒唐，最豔麗，最祕密的夢。

（十四年十二月二十一日）

翡冷翠山居閒話

在這裏出門散步去，上山或是下山，在一個晴好的五月的向晚，正像是去赴一個美的宴會，比如去一果子園，那邊每株樹上都是滿掛着詩情最秀逸的果實，假如你單是站著看還不滿意時，只要你一伸手就可以採取，可以恣嘗鮮味，足够你性靈的迷醉。陽光正好暖和，決不過暖；風息是温馴的，而且往往因爲他是從繁花的山林裏吹度過來他帶來一股幽遠的澹香，連着一息滋潤的水氣，摩挲著你的顏面，輕繞着你的肩腰，就這單純的呼吸已是無窮的愉快；空氣總是明淨的，近谷內不生煙，遠山上不起靄，那美秀風景的全部正像畫片似的展露在你的眼前，供你閑暇的鑒賞。

作客山中的妙處，尤在你永不須躊躇你的服色與體態；你不妨搖曳著一頭的蓬草，不妨縱容你滿腮的苔蘚；你愛穿什麼就穿什麼；扮一個收童，扮一個漁翁，裝一個農夫，裝一個走江湖的桀卜閃，裝一個獵戶；你再不必提心整理你的領結，你儘可以不用領結，給你的頸根與胸膛一半日的自由，你可以拿一條這邊豔色的長巾包在你的頭上，學一個太平軍的頭目，或是拜倫那埃及裝的姿態；但最要緊的是穿上你最舊的舊鞋，別管他模樣不佳，他們是頂可愛的好友，他們承着你的體重却不叫你記起你還有一雙脚在你的底下。

這樣的玩頂好是不要約伴，我竟想嚴格的取締，只許你獨身；因爲有了伴多少總得叫你分心，尤其是年輕的女伴，那是最危險最專制不過的旅伴，你應得躲避她像你躲避青草裏一條美麗的花蛇！平常我們從自己家裏走到朋友的家裏，或是我們執事的地方，那無非是在同一個大牢裏從一間獄室移到另一間獄室去，拘束永遠跟著我們，自由永遠尋不到我們；但在這春夏間美秀的山中或鄉間你要是有機會獨身閒逛時，那才是你福星高照的時候，那才是你實際領受，親口嘗味，自由與自在的時候，那才是你肉體與靈魂行動一致的時候；朋友們，我們多長一歲年紀往往只是加重我們頭上的枷，加緊我們脚脛上的鍊，我們見小孩子在草裏在沙堆裏在淺水裏打滾作樂，或是看見小貓追他自己的尾巴，何嘗沒有羨慕的時候，但我們的枷，我們的鍊永遠是制定我們行動的上司！

所以只有你單身奔赴大自然的懷抱時，像一個裸體的小孩撲入他母親的懷抱時，你才知道靈魂的愉快是怎樣的，單是活着的快樂是怎樣的，單就呼吸單就走道單就張眼看聳耳聽的幸福是怎樣的。

因此你得嚴格的爲己，極端的自私，只許你，體魄與性靈，與自然同在一個脈搏裏跳動，同在一個音波裏起伏，同在一個神奇的宇宙裏自得。

我們渾樸的天眞是像含羞草似的

嬌柔，一經同伴的抵觸，他就捲了起來，但在澄靜的日光下，和風中，他的姿態是自然的，他的生活是無阻礙的。

你一個人漫遊的時候，你就會在青草裏坐地仰臥，甚至有時打滾，因爲草的和暖的顏色自然的喚起你童稚的活潑；在靜僻的道上你就會不自主的狂舞，看着你自己的身影幻出種種詭異的變相，因爲道旁樹木的陰影在他們于徐的婆娑裏暗示你舞蹈的快樂；你也會得信口的歌唱，偶爾記起斷片的音調，與你自己隨口的小曲，因爲樹林中的鶯燕告訴你春光是應得讚美的；更不必說你的胸襟自然會跟着曼長的山徑開拓，你的心地會看着澄藍的天空靜定，你的思想和著山壑間的水聲，山罅裏的泉響，有時一澄到底的清澈，有時激起成章的波動，流，流，流入涼爽的橄欖林中，流入嫵媚的阿諾河去……

並且你不但不須應伴，每逢這樣的遊行，你也不必帶書。書是理想的伴侶，但你應得帶書，是在火車上，在你住處的客室裏，不是在你獨身漫步的時候。什麼偉大的深沉的鼓舞的清明的優美的思想的根源不是可以在風籟中，雲彩裏，山勢與地形的起伏裏，花草的顏色與香息裏尋得？自然是最偉大的一部書，葛德說，在他每一頁的字句裏我們讀得最深奧的消息。並且這書上的文字是人人懂得的；阿爾帕斯與五老峯，雪西里與普陀山，萊因河與揚子江，梨夢湖與西子湖，建蘭與瓊花，杭州西溪的蘆雪與威尼市夕照的紅潮，百靈與夜鶯，更不提一般黃的黃麥，一般紫的紫藤，一般青的青草同在大地上生長，同在和風中波動——他們應用的符號是永遠一致的，他們的意義是永遠明顯的，只要你自己性靈上不長瘡瘢，眼不盲，耳不塞，這無形跡的最高等教育便永遠是你的名分，這不取費的最珍貴的補劑便永遠供你的受用；只要你認識了這一部書，你在這世界上寂寞時便不寂寞，窮困時不窮困，苦惱時有安慰，挫折時有鼓勵，軟弱時有督責，迷失時有南鍼。

（十四年七月）

吸煙與文化

（一）

牛津是世界上名聲壓得倒人的一個學府。牛津的祕密是它的導師制。導師的祕密，按利卡克教授說，是『對準了他的徒弟們抽烟。』眞的在牛津或康橋地方要找一個不吸烟的學生是很費事的——先生更不用提。學會抽烟，學會沙發上古怪的坐法，學會半吞半吐的談話——大學教育就夠格兒了。『牛津人』，『康橋人』：還不穀斗嗎？我如其有錢辦學堂的話，利卡克說，第一件事情我要做的是造一間吸煙室，其次造宿舍，再次造圖書室；眞要到了有錢沒地方化的時候再來造課堂。

（二）

怪不得有人就會說，原來英國學生就會吃煙，就會懶惰。臭紳士的架子！臭架子的紳士！難怪我們這年頭背心上刺刺的老不舒服，原來我們中間也來了幾個叫士巴菰烟臭薰出來的破紳士！

這年頭說話得謹愼些。提起英國就犯嫌疑。貴族主義！帝國主義！走狗！挖個坑埋了他！

實際上事情可不這麼簡單。侵略，壓迫，該咒是一件事，別的事情可不跟着走。至少我們得承認英國，就它本身說，是一個站得住的國家，英國人是有出息的民族。它的是有組織的生活，它的是有活氣的文化。我們也得承認牛津或是康橋至少是一個十分可羨慕的學府，它們是英國文化生活的娘胎。多少偉大的政治家，學者，詩人，藝術家，科學家，是這兩個學府的產兒——煙味兒給薰出來的。

（三）

利卡克的話不完全是俏皮話。『抽烟主義』是值得研究的。但吸烟室究竟是怎麼一回事？烟斗裏如何抽得出文化眞髓來？對準了學生抽烟怎樣是英國教育的祕密？利卡克先生沒有描寫牛津康橋生活的眞相；他只這麽說，他不會說出一個所以然來。許有人願意聽聽的，我想。我也叫名在英國念過兩年書，大部分的時間在康橋。但嚴格的說，我還是不夠資格的。我當初並不是像我的朋友溫源寧先生似的出了大金鎊正式去請敎薰烟的：我只是個，比方說，烤小半熟的白薯，離着焦味兒透香還正遠哪。但我在康橋的日子可眞是享福，深怕這輩子再也得不到那樣蜜甜的機會了。我不敢說康橋給了我多少學問或是敎會了我什麼。我不敢說受了康橋的洗禮，一個人就會變氣息，脫凡胎。我敢說的只是——就我個人說，我的眼是康橋教我睜的，我的求知慾是康橋給我撥動的，我的自我的意識是康橋給我胚胎的。我在美國有整兩年，在英國也算是整兩年。在美國我忙的是上課，聽講，寫考卷，齦象皮糖，看電影，賭咒。在康橋我忙的是散步，划船，騎自轉車，抽烟，閒談，喫五點鐘茶牛油烤餅，看閒書。如其我到美國的時候是一個不含糊的草包，我離開自由神的時候也還是那原封沒有動；但如其我在美國時候不曾通竅，我在康橋的日子至少自己明白了原先只是一肚子顢頇。這分別不能算小。

我早想談談康橋，對它我有的是無限的柔情。但我又怕褻瀆了它似的始終不曾出口。這年頭！只要貴族教育一個無意識的口號就可以把牛頓，達爾文，米爾頓，拜倫，華茨華斯，阿諾爾德，紐門，羅刹蒂，格蘭士頓等等所從來的母校一下抹煞。再說年來交通便利了，各式各種日新月異的教育原理教育新制翩翩的從各方向的外洋飛到中華，那還容得廚房老過四百年牆壁上爬滿騷鬍髭一類藤蘿的老書院一起來上講壇？

（四）

但另換一個方向看去，我們也見到少數有見地的人，再也看不過國內高等教育的混沌現象，想跳開了蹂爛的道兒，回頭另尋新路走去。向外望去，現成有牛津康橋青藤繚繞的學院招着你微笑；回頭望去，五老峯下飛泉聲中白鹿洞一類的書院瞅着你惆悵。這浪漫的思鄉病跟着現代教育醜化的程度在少數人的心中一天深似一天。這機械性買賣性的教育夠膩煩了，我們說。我們也要幾間滿沿着爬山虎的高雪克屋子來安息間我們的靈性，我們說。我們也要一個絕對閒暇的環境好容我們的心智自由的發展去，我們說。

林玉堂先生在『現代評論』登過一篇文章談他的教育的理想。新近任叔永先生與他的夫人陳衡哲女士也發表了他們的敎育的理想。林先生的意思約莫記得是想倣效牛津一類學府；陳任兩位是要恢復書院制的精神。這兩篇文章我認爲是很重要的，尤其是陳任兩位的具體提議，但因爲開倒車走回頭路分明是不合時宜，他們幾位的意思並不會得到期望的回響。想來現在的學者們大忙了，尋飯吃的，做官的，當革命領袖的，誰都不得閒，誰都不願閒，結果當然沒有人來關心什麽純粹敎育（不含任何動機的學問）或是人格敎育。這是個可憾的現象。

我自己也是深感這浪漫的思鄉病的一個；我只要

『草青人遠，

一流冷澗』……

但我們這想望的境界有容我們達到的一天嗎？

十五年一月十四日）

我所知道的康橋

（一）

我這一生的周折，大都尋得出感情的線索。不論別的，單說求學。我到英國是爲要從羅素。羅素來中國時，我已經在美國。他那不確的死耗傳到的時候，我眞的出眼淚不夠，還做悼詩來了。他沒有死，我自然高興。我擺脫了哥崙比亞大博士銜的引誘，買船票過大西洋，想跟這位二十世紀的福祿泰爾認眞念一點書去。誰知一到英國才知道事情變樣了：一爲他在戰時主張和平，二爲他離婚，羅素叫康橋給除名了，他原來是 Trinity College 的 Fellow，這來他的 Fellowship 也給取銷了。他回英國後就在倫敦住下，夫妻兩人賣文章過日子。因此我也不曾遂我從學的始願。我在倫敦政治經濟學院裏混了半年，正感着悶想換路走的時候，我認識了狄更生先生。狄更生——Galsworthy Lowes Dickinson——是一個有名的作者，他的『一個中國人通信』Letters From John Chinaman與『一個現代聚餐談話』（A Modern Symposium）兩本小册子早得了我的景仰。我第一次會著他是在倫敦國際聯盟協會席上，那天林宗孟先生演說，他做主席；第二次是宗孟寓裏喫茶，有他。以後我常到他家裏去。他看出我的煩悶，勸我到康橋去，他自己是王家學院（Kings College）的Fellow。我就寫信去問兩個學院，回信都說學額早滿了，隨後還是狄更生先生替我去在他的學院裏說好了，給我一個特別生的資格，隨意選科聽講。從此黑方巾黑披袍的風光也被我占着了。初起我在離康橋六英里的鄉下叫沙士頓地方租了幾間小屋住下，同居的有我從前的夫人張幼儀女士與郭虞裳君。每天一早我坐街車（有時自行車）上學，到晚回家。這樣的生活過了一個春，但我在康橋還只是個陌生人，誰都不認識，康橋的生活，可以說完全不曾嘗着，我知道的只是一個圖書館，幾個課室，和三兩個吃便宜飯的茶食舖子。狄更生常在倫敦或是大陸上，所以也不常見他。那年的秋季我一個人回到康橋，整整有一學年，那時我才有機會接近眞正的康橋生活，同時我也慢慢的『發見』了康橋。我不曾知道過更大的愉快。

（二）

『單獨』是一個耐尋味的現象。我有時想它是任何發見的第一個條件。你要發見你的朋友的『眞』，你得有與他單獨的機會。你要發見你自己的眞，你得給你自己一個單獨的機會。你要發見一個地方（地方一樣有靈性），你也得有單獨玩的機會。我們這一輩子，認眞說，能認識幾個人？能認識幾個地方？我們都是太匆忙，太沒有單獨的機會。 說實話，我連我的本鄉都沒有什麼了解。康橋我要算是有相當交情的，再次許只有新認識的翡冷翠了。 阿，那些清晨，那些黃昏，我一個人發痴似的在康橋！ 絕對的單獨。

但一個人要寫他最心愛的對象，不論是人是地，是多麼使他為難的一個工作？ 你怕，你怕描壞了它，你怕說過分了惱了它，你怕說太謹慎了辜負了它。 我現在想寫康橋，也正是這樣的心理，我不曾寫，我就知道這回是寫不好的——況且又是臨時逼出來的事情。 但我却不能不寫，上期預告已經出去了。 我想勉強分兩節寫，一是我所知道的康橋的天然景色，一是我所知道的康橋的學生生活。 我今晚只能極簡的寫些，等以後有興會時再補。

（三）

康橋的靈性全在一條河上；康河，我敢說，是全世界最秀麗的一條水。河的名字是葛蘭大(Granta)，也有叫康河(River Cam)的，許有上下流的區別，我不甚清楚。河身多的是曲折，上游是有名的拜倫潭——"Byrou's Pool"——當年拜倫常在那裏玩的；有一個老村子叫格蘭騫斯德，有一個果子園，你可以躺在纍纍的桃李樹蔭下吃茶，花果會吊入你的茶杯，小雀子會到你桌上來啄食，那眞是別有一番天地。這是上游；下游是從騫斯德頓下去，河面展開，那是春夏間競舟的場所。上下河分界處有一個壩築，水流急得很，在星光下聽水聲，聽近村晚鐘聲，聽河畔倦牛芻草聲，是我康橋經驗中最神祕的一種：大自然的優美，寧靜，調諧在這星光與波光的默契中不期然的淹入了你的性靈。

但康河的精華是在它的中權，著名的"Backs"，這兩岸是幾個最蜚聲的學院的建築。從上面下來是Pembroke, St. Katharine's, King's,

Clare，Trinity，St. John's。

最令人留連的一節是克萊亞與王家學院的毗連處，克萊亞的秀麗緊鄰着王家教堂（King's Chapel）的閎偉。別的地方儘有更美更莊嚴的建築，例如巴黎賽因河的羅浮宮一帶，威尼斯的利阿爾多大橋的兩岸，翡冷翠維基烏大橋的周遭；但康橋的"Backs"自有它的特長，這不容易用一二個狀詞來概括，它那脫盡塵埃氣的一種淸澈秀逸的意境可說是超出了畫圖而化生了音樂的神味。再沒有比這一羣建築更調諧更勻稱的了！論畫，可比的許只有柯羅（Corot）的田野；論音樂，可比的許只有蕭班（Chopin）的夜曲。就這也不能給你依稀的印象，它給你的美感簡直是神靈性的一種。

假如你站在王家學院橋邊的那顆大椈樹蔭下眺望，右側面，隔着一大方淺草坪，是我們的校友居（Fellows Building），那年代並不早，但它的嫵媚也是不可掩的，它那蒼白的石壁上春夏間滿綴着艷色的薔薇在和風中搖顫，更移左是那教堂，森林似的尖閣不可浼的永遠直指着天空；更左是克萊亞，阿！那不可信的玲瓏的方庭，誰說這不是聖克萊亞(St Clare)的化身，那一塊石上不閃耀着她當年聖潔的精神？在克萊亞後背隱約可辨的是康橋最瀟貴最驕縱的三清學院(Trinity)，它那臨河的圖書樓上坐鎮着拜倫神采驚人的雕像。

但這時你的注意早已叫克萊亞的三環洞橋魔術似的攝住。你見過西湖白隄上的西冷斷橋不是（可憐它們早已叫代表近代醜惡精神的汽車公司給踩平了，現在它們跟着蒼凉的雷峯永遠辭別了人間。）？你忘不了那橋上斑駁的蒼苔，木柵的古色，與那橋拱下洩露的湖光與山色不是？克萊亞並沒有那樣體面的襯托，它也不比廬山棲賢寺旁的觀音橋，上瞰五老的奇峯，下臨深潭與飛瀑；它只是怯怜怜的一座三環洞的小橋，它那橋洞間也只掩映着細紋的波鱗與婆娑的樹影，它那橋上櫛比的小穿闌與闌節頂上雙雙的白石球，也只是村姑子頭上不誇張的香草與野花一類的裝飾；但你凝神的看着，更凝神的看着，你再反省你的心境，看還有一絲屑的俗念沾滯不？只要你審美的本能不曾汨滅時，這是你的機會實現純粹美感的神奇！

但你還得選你賞鑒的時辰。英國的天時與氣候是走極端的。冬天是荒謬的壞，逢著連緜的霧盲天你一定不遲疑的甘願進地獄本身去試試；春天（英國是幾乎沒有夏天的）是更荒謬的可愛，尤其是它那四五月間最漸緩最艷麗的黃昏，那才眞是寸寸黃金。在康河邊上過一個黃昏是一服靈魂的補劑。阿！我那時蜜甜的單獨，那時蜜甜的閒暇。一晚又一晚的，只見我出神似的倚在橋闌上向西天凝望：——

看一回凝靜的橋影，

數一數螺細的波紋：
我倚暖了石闌的青苔，
青苔涼透了我的心坎；……
還有幾句更笨重的怎能彷彿那游絲似輕妙的情景：
難忘七月的黃昏，遠樹凝寂，
像墨潑的山形，襯出輕柔暝色，
密稠稠，七分鵝黃，三分橘綠，
那妙意祇可去秋夢邊緣捕捉；……

（四）

這河身的兩岸都是四季常青最葱翠的草坪。從校友居的樓上望去，對岸草場上，不論早晚，永遠有十數匹黃牛與白馬，脛蹄沒在恣蔓的草叢中，從容的在咬嚼，星星的黃花在風中動盪，應和着它們尾鬚的掃拂。橋的兩端有斜倚的垂柳與櫸蔭護住。水是澈底的清澄，深不足四尺，勻勻的長着長條的水草。這岸邊的草坪又是我的愛寵，在清朝，在旁晚，我常去這天然的織錦上坐地，有時讀書，有時看水；有時仰臥着看天空的行雲，有時反仆着摟抱大地的溫輭。

但河上的風流還不止兩岸的秀麗。你得買船去玩。船不止一種：有普通的雙槳划船，有輕快的薄皮舟（Canoe），有最別緻的長形撐篙船（Punt）。最末的一種是別處不常有的：約莫有二丈長，三尺寬，你站直在船梢上用長竿撐着走的。這撐是一種技術。我手脚太蠢，始終不曾學會。你初起手嘗試時，容易把船身橫住在河中，東顛西撞的狼狽。英國人是不輕易開口笑人的，但是小心他們不出聲的縐眉！也不知有多少次河中本來優閑的秩序叫我這莽撞的外行給搗亂了。我眞的始終不曾學會；每回我不服輸跑去租船再試的時候，有一個白鬍子的船家往往帶譏諷的對我說：『先生，這撑船費勁，天熱累人，還是拏個薄皮舟溜溜吧』！我那裏肯聽話，長篙子一點就把船撑了開去，結果還是把河身一段段的腰斬了去！

你站在橋上去看人家撑，那多不費勁，多美！尤其在禮拜天有幾個專家的女郎，穿一身縞素衣服，裙裾在風前悠悠的飄着，戴一頂寬邊的薄紗帽，帽影在水草間顫動，你看她們出橋洞時的姿態，撚起一根竟像沒分量的長竿，只輕輕的，不經心的往波心裏一點，身子微微的一蹲，這船身便波的轉出了橋影，翠條魚似的向前滑了去。她們那敏捷，那閒暇，那輕盈，眞是値得歌詠的。

在初夏陽光漸煖時你去買一支小船，划去橋邊蔭下躺着念你的書或是做你的夢，槐花香在水面上飄浮，魚羣的唼喋聲在你的耳邊挑逗。或是在初秋的黃昏，近着新月的寒光，望上流僻靜處遠去。

愛熱鬧的少年們携着他們的女友，在船沿上交着雙雙的東洋綵紙燈，帶著話匣子，船心裏用軟墊鋪着，也開向無人跡處去享他們的野福——誰不愛聽那水底翻的音樂在靜定的河上描寫夢意與春光！

住慣城市的人不易知道季候的變遷。看見葉子掉知道是秋，看見葉子綠知道是春；天冷了裝爐子，天熱了拆爐子；脫下棉袍，換上夾袍，脫下夾袍，穿上單袍：不過如此罷了。天上星斗的消息，地下泥土裏的消息，空中風吹的消息，都不關我們的事。忙着哪，這樣那樣事情多着，誰耐煩管星星的移轉，花草的消長，風雲的變幻？同時我們抱怨我們的生活，苦痛，煩悶，拘束，枯燥，誰肯承認做人是快樂？誰不多少間咒詛人生？

但不滿意的生活大都是由於自取的。我是一個生命的信仰者，我信生活決不是我們大多數人僅僅從自身經驗推得的那樣暗慘。我們的病根是在「忘本」。人是自然的產兒，就比枝頭的花與鳥是自然的產兒；但我們不幸是文明人，入世深似一天，離自然遠似一天。離開了泥土的花草，離開了水的魚，能快活嗎？能生存嗎？從大自然，我們取得我們的生命；從大自然，我們應分取得我們繼續的資養。那一株婆娑的大木沒有盤錯的根柢深入在無盡藏的地裏？我們是永遠不能獨立的。有幸福是永遠不離母親撫育的孩子，有健康是永遠接近自然的人們。不必一定與鹿豕遊，不必一定回「洞府」去；爲醫治我們當前生活的枯窘，只要『不完全遺忘自然』一張輕淡的藥方我們的病象就有緩和的希望。在靑草裏打幾個滾，到海水裏洗幾次浴，到高處去看幾次朝霞與晚照——你肩背上的負担就會輕鬆了去的。

這是極膚淺的道理，當然。但我要沒有過過康橋的日子，我就不會有這樣的自信。我這一輩子就只那一春，說也可憐，算是不會虛度。就只那一春，我的生活是自然的，是眞愉快的！（雖則碰巧那也是我最感受人生痛苦的時期。）我那時有的是閑暇，有的是自由，有的是絕對單獨的機會。說也奇怪，竟像是第一次，我辨認了星月的光明，草的青，花的香，流水的殷勤。我能忘記那初春的睥睨嗎？曾經有多少個清晨我獨自冒着冷去薄霜鋪地的林子裏閒步——爲聽鳥語，爲盼朝陽，爲尋泥土裏漸次蘇醒的花草，爲體會最微細最神妙的春信。阿，那是新來的畫眉在那邊凋不盡的青枝上試它的新聲！阿，這是第一朶小雪球花掙出了半凍的地面！阿，這不是新來的潮潤沾上了寂寞的柳條？

靜極了，這朝來水溶溶的大道，只遠處牛奶車的鈴聲，點綴這週遭的沈默。順着這大道走去，走到盡頭，再轉入林子裏的小徑，往烟霧濃密處走去，頭頂是交枝的榆蔭，透露着漠楞楞的曙色；再往前走去，走盡這林子，當前是平坦的原野，望見了村舍，初青的麥田，更遠三兩個饅形的小山掩住了一條通道。天邊是霧茫茫的，尖尖的黑影是近村的教寺。聽，那曉鐘和緩的清音。這一帶是此邦中部的平原，地形像是海裏的輕波，默沈沈的起伏；山嶺是望不見的，有的是常青的草原與沃腴的田壤。登那土阜上望去，康橋只是一帶茂林，擁戴着幾處娉婷的尖閣。嫵媚的康河也望不見踪跡，你只能循著那錦帶似的林木想像那一流清淺。村舍與樹林是這地盤上的棋子，有村舍處有佳蔭，有佳蔭處有村舍。這早起是看炊烟的時辰：朝霧漸漸的升起，揭開了這灰蒼蒼的天幕，（最好是微霰後的光景）遠近的炊烟，成絲的，成縷的，成捲的，輕快的，遲重的，濃灰的，淡青的，慘白的，在靜定的朝氣裏漸漸的上騰，漸漸的不見，彷彿是朝來人們的祈禱，參差的翳入了天聽。朝陽是難得見的，這初春的天氣。但它來時是起早人莫大的愉快。頃刻間這田野添深了顏色，一層輕紗似的金粉糝上了這草，這樹，這通道，這莊舍。頃刻間這周遭瀰漫了清晨富麗的溫柔。頃刻間你的心懷也分潤了白天誕生的光榮。『春』！這勝利的晴空彷彿在你的耳邊私語。『春』！你那快活的靈魂也彷彿在那裏回響。

……

伺候着河上的風光，這春來一天有一天的消息。關心石上的苔痕，關心敗草裏的花鮮，關心這水流的緩急，關心水草的滋長，關心天上的雲霞，關心新來的鳥語。怯憐憐的小雪球是探春信的小使。鈴蘭與香草是歡喜的初聲。窈窕的蓮馨，玲瓏的石水仙，愛熱鬧的克羅克斯，耐辛苦的蒲公英與雛菊——這時候春光已是縵爛在人間，更不須殷勤問訊。

瑰麗的春放。這是你野遊的時期。可愛的路政，這里不比中國，那一處不是坦蕩蕩的大道？徒步是一個愉快，但騎自轉車是一個更大的愉快。在康橋騎車是普遍的技術；婦人，稚子，老翁，一致享受這雙輪舞的快樂。（在康橋聽說自轉車是不怕人偸的，就爲人人都自己有車，沒人要偸。）任你選一個方向，任你上一條通道，順着這帶草味的和風，放輪遠去，保管你這半天的消遙是你性靈的補劑。這道上有的是淸蔭與美草，隨地都可以供你休憩。你如愛花，這里多的是錦繡似的草原。你如愛鳥，這里多的是巧囀的鳴禽。你如愛兒童，這鄉間到處是可親的稚子。你如愛人情，這里多的是不嫌遠客的鄉人，你到處可以「掛單」借宿，有酪漿與嫩薯供你飽餐，有奪目的果鮮恣你嘗新。你如愛酒，這鄉間每「望」都爲你儲有上好的新釀，黑啤如太濃，蘋果酒薑酒都是供你解渴潤肺的。……帶一卷書，走十里路，選一塊清靜地，看天，聽鳥，讀書，倦了時，和身在草緜緜處尋夢去——你能想像更適情更適性的消遣嗎？

陸放翁有一聯詩句：『傳呼快馬迎新月，却上輕輿趁晚涼；』這是做地方官的風流。我在康橋時雖沒馬騎，沒轎子坐，却也有我的風流：我常常在夕陽西曬時騎了車迎着天邊扁大的日頭直追。日頭是追不到的，我沒有夸父的荒誕，但晚景的溫存卻被我這樣偸嘗了不少。有三兩幅畫圖似的經驗至今還是栩栩的留着。只說看夕陽，我們平常只知道登山或是臨海，但實際只須遼闊的天際，平地上的晚霞有時也是一樣的神奇。有一次我趕到一個地方，手把着一家村莊的籬笆，隔着一大田的麥浪，看西天的變幻。有一次是正衝着一條寬廣的大道，過來一大羣羊，放草歸來的，偌大的太陽在它們後背放射着萬縷的金輝，天上却是烏青青的，只牕這不可偪視的威光中的一條大路，一羣生物！我心頭頓時感着神異性的壓迫，我眞的跪下了，對着這冉冉漸翳的金光。再有一次是更不可忘的奇景，那是臨着一大片望不到頭的草原，滿開着艷紅的罌粟，在青草裏亭亭的像是萬盞的金燈，陽光從褐色雲裏斜着過來，幻成一種異樣的紫色，透明似的不可逼視，霎那間在我迷眩了的視覺中，這草田變成了……不說也罷，說來你們也是不信的！

一別二年多了，康橋，誰知我這思鄉的隱憂？也不想別的，我只要那晚鐘撼動的黃昏，沒遮攔的田野，獨自斜倚在軟草裏，看第一個大星在天邊出現！

（十五年一月十五日）

拜倫

蕩蕩萬斛船　影若揚白虹
自非風動天　莫置大水中
——杜甫

今天早上，我的書桌上散放着一疊書，我伸手提起一枝毛筆蘸飽了墨水正想下筆寫的時候，一個朋友走進屋子來，打斷了我的思路。「你想做什麼」？他說。「還債」，我說，「一輩子只是還不清的債，開銷了這一個，那一個又來，像長安街上要飯的一樣，你一開頭就糟。這一次是爲他」，我手點着一本書裏 Westall 書的拜倫像

（原本現在倫敦肖像畫院）。「爲誰，拜倫」！那位朋友的口音裏夾雜了一些鄙夷的鼻音。「不僅做文章，還想替他開會哪」，我跟着說。「哼，眞有工夫，又是戴東原那一套」——那位先生發議論了——「忙着替死鬼開會演說追悼，哼！我們自己的祖祖宗宗的生忌死忌，春祭秋祭，先就忙不開，還來管姓獸姓擺的出世去世；中國鬼也就夠受，還來張羅洋鬼！俄國共產黨的爸爸死了，北京也聽見悲聲，上海廣東也聽見哀聲；書獃子的退伍總統死了，又來一個同聲一哭。二百年前的戴東原還不是一個一頭黃毛一身奶臭一把鼻涕一把尿的娃娃，與我們什麼相干，又用得着我們的正顏厲色開大會做論文！現在眞是愈出愈奇了，什麼，連拜倫也得利益均沾，又不是瘋了，你們無事忙的文學先生們！誰是拜倫？一個濫筆頭的詩人，一個宗教家說的罪人，一個花花公子，一個貴族。就使追悼會紀念會是現代的時髦，你也得想想受追悼的配不配，也得想想跟你們所謂時代精神合式不合式，拜倫是貴族，你們貴國是一等的民主共和國，那裏有貴族的位置？　拜倫又沒有發明什麼蘇維埃，又沒有做過世界和平的大夢，更沒有用科學方法整理過國故，他只是一個拐腿的紈絝詩人，一百年前也許出過他的風頭，現在埋在英國紐斯推德（Newstead）的貴首頭都早爛透了，爲他也來開紀念會，哼，他配！　講到拜倫的詩你們也許與蘇和尙的脾味合得上，看得出好處，這是你們的福氣——要我看他的詩也不見得比他的骨頭活得了多少。　幷且小心，拜倫到是條好漢，他就恨盲目的崇拜，回頭你們東抄西剿的忙着做文章想是討好他，小心他的鬼魂到你夢裏來大聲的罵你一頓」！

那位先生大發牢騷的時候，我已經抽了半枝的煙，眼看着繚繞的氤氳，耐心的挨他的罵，方才想好讚美拜倫的文章也早已變成了煙絲飛散：我獃獃的靠在椅背上出神了：——

拜倫是眞死了不是？　全朽了不是？　眞沒有價値，眞不該替他揄揚傳布不是？

眼前扯起了一重重的霧幔，灰色的，紫色的，最後呈現了一個驚人的造像，最純粹，光淨的白石雕成的一個人頭，供在一架五尺高的檀木几上，放射出異樣的光輝，像是阿博洛，給人類光明的大神，凡人從沒有這樣莊嚴的『天庭』，這樣不可侵犯的眉宇，這樣的頭顱，但是不，不是阿博洛，他沒有那樣驕傲的鋒芒的大眼，像是阿爾帕斯山南的藍天，像是威尼市的落日，無限的高遠，無比的壯麗，人間的萬花鏡的展覽反映在他的圓睛中，只是一層鄙夷的薄翳；阿博洛也沒有那樣美麗的髮鬈，像紫葡萄似的一穗穗貼在花崗石的牆邊；他也沒有那樣不可信的口唇，小愛神背上的小弓也比不上他的精緻，口角邊微露着厭世的表情，像是蛇身上的文彩，你明知是惡毒的，但你不能否認他的豔麗；給我們絃琴與長笛的大神也沒有那樣圓整的鼻孔，使我們想像他的生命的劇烈與偉大，像是大火山的決口……

不，他不是神，他是凡人，比神更可怕更可愛的凡人，他生前在紅塵的狂濤中沐浴，洗滌他的遍體的斑點，最後他踏脚在浪花的頂尖，在陽光中呈露他的無瑕的肌膚，他的驕傲，他的力量，他的壯麗，是天上瑳奕司與玖必德的憂愁。

他是一個美麗的惡魔，一個光榮的叛兒。

一片水晶似的柔波，像一面晶瑩的明鏡，照出白頭的『少女』，閃亮的『黃金篦』，『快樂的阿翁』。此地更沒有海潮的歡響，只有草蟲的謳歌，醉人的樹色與花香，與溫柔的水聲，小妹子的私語似的，在湖邊吞咽。山上有急湍，有冰河，有幔天的松林，有奇偉的石景。瀑布像是瘋癲的戀人，在荊棘叢中跳躍，從巉巖上滾墜，在磊石間震碎，激起無量數的珠子，圓的，長的，乳白的，透明的，陽光斜落在急流的中腰，幻成五彩的虹紋。這急湍的頂上是一座突出的危崖，像一個猛獸的頭顱，兩旁幽邃的松林，像是一頸的長鬣，一陣陣的瀑雷，像是他的吼聲。在這絕壁的邊沿站着一個丈夫，一個不凡的男子，怪石一般的崢嶸，朝旭一般的美麗，勁瀑似的桀傲，松林似的憂鬱。他站着，交抱着手臂，翻起一雙大眼，凝視着無極的青天，三個阿爾帕斯的鷙鷹在他的頭頂不息的盤旋；水聲，松濤的嗚咽，牧羊人的笛聲，前峯的崩雪聲——他凝神的聽着。

只要一滑足，只要一縱身，他想，這軀殼便崩雪似的墜入深潭，粉碎在美麗的水花中，這些大自然的諧音便是讚美他寂滅的喪鐘。他是一個驕子：人間踏爛的蹊徑不是爲他準備的，也不是人間的繚鍊可以鎖住他的鷙鳥的翅羽。他曾經丈量過巴南蘇斯的羣峯，曾經搏鬥過海理士彭德海峽的凶濤，曾經在馬拉松放歌，曾經在愛琴海邊狂歡，曾經踐踏過滑鐵盧的泥土，這裏面埋着一個敗滅的帝國。他曾經實現過西撒凱旋時的光榮，丹桂籠住他的髮鬈，玫瑰承住他的脚蹤；但他也免不了他的滑鐵盧；運命是不可測的恐怖，征服的背後隱着僇辱的獰笑，御座的周遭顯現了狴犴的幻景；現在他的遍體的斑痕，都是誹毀的箭鏃，不更是繁花的裝綴，雖則在他的無瑕的體膚上一樣的不曾停留些微汚損。……太陽也有他的淹沒的時候，但是誰能忘記他臨照時的光餤？

"What is life, what is death, and what are we.

That when the ship sinks, we no longer may be."

虬哪 Juno 發怒了。 天變了顏色，湖面也變了顏色。 四圍的山峯都披上了黑霧的袍服，吐出迅捷的火舌，搖動着，彷彿是相互的示威，雷聲像猛獸似的在山幻裏咆哮，跳盪，石卵似的雨塊，隨着風勢打擊着一湖的燐光，這時候（一八一六年，六月，十五日）彷彿是愛儷兒（Ariel）的精靈聳身在絞繞的雲中，默啐着咒語，眼看着

Jove's lightnings, the precursors
O' the dreadful thunder-claps……
The fire, and cracks
Of sulphurous roaring, the most mighty Neptune
Seem'd to besiege, and make h s bold waves tremble,

Yea his dread tridents shake.　　(Tempest)

在這大風濤中，在湖的東岸，龍河（Rhone）合流的附近，在小嶼與白沫間，飄浮着一隻疲乏的小舟，扯爛的布帆，破碎的尾舵，衝着巨浪的打擊，舟子只是着忙的禱告，乘客也失去了鎮定，都已脫卸了外衣，準備與濤瀾搏鬭。這正是盧騷的故鄉，這小舟的歷險處又恰巧是玖荔亞與聖潘羅（Julia and St Preux）遇難的名蹟。舟中人有一個美貌的少年是不會泅水的，但他却從不介意他自己的骸骨的安全，他那時滿心的憂慮，只怕是船翻時連累他的友人為他冒險，因為他的友人是最不怕險惡的，厄難只是他的雄心的激刺，他曾經狎侮愛琴海與地中海的怒濤，何況這有限的梨夢湖中的掀動，他交叉着手，靜看着薩福埃（Savoy）的雪峯，在雲罅裏隱現。這是歷史上一個希有的奇逢，在近代革命精神的始祖神感的勝處，在天地震怒的俄傾，載在同一的舟中，一對共患難的，偉大的詩魂，一對美麗的惡魔，一對光榮的叛兒！

他站在梅鎖朗奇(Mesolonghi)的灘邊，（一八二四年，一月，四至二十二日）。海水在夕陽光裏起伏，周遭靜瑟瑟的莫有人跡，只有連緜的砂磧，幾處卑陋的草屋，古廟宇殘圮的遺跡，三兩株灰蒼色的柱廊，天空飛舞着幾隻潤翅的海鷗，一片荒涼的暮景。他站在灘邊，默想古希臘的榮華，雅典的文章，斯巴達的雄武，晚霞的顏色二千年來不曾消滅，但自由的鬼魂究不曾在海砂上留存些微痕跡……他獨自的站著，默想他自己的身世，三十六年的光陰已在時間的灰燼中埋着，愛與憎，得志與屈辱：盛名與怨詛，志願與罪惡，故鄉與知友，威尼市的流水，羅馬古劇場的夜色，阿爾帕斯的白雪，大自然的美景與恚怒，反叛的磨折與尊榮，自由的實現與夢境的消殘……他看着海砂上映着的曼長的身形，凉風拂動着他的衣裾——寂寞的天地間的一個寂寞的伴侶——他的靈魂中不由的激起了一陣感慨的狂潮，他把手掌埋沒了頭面。 此時日輪已經翳隱，天上星先後的顯現，在這美麗的暝色中，流動着詩人的吟聲，像是松風，像是海濤，像是藍奧孔苦痛的呼聲，像是海倫娜島上絕望的吁歎：——

'Tis time this heart should be unmoved,
　Since others it hath ceased to move;
Yet, though I cannot be beloved,
　Still let me love!

My days are in the yellow leaf;

The flowers and fruits of love are gone;
The worm, the canker, and the grief;
Are mine alone!

The fire that on my bosom preys
Is lone as some volcanic isle;
No torch is kindled at its blaze—
A funeral pile!

The hope, the fear, the jealous care,
The exalted portion of the pain
And power of love, I cnnot share,

But wear the chain.

But 'tis not thus—and 'tis not here—
Such thoughts should shake my soul, nor now,
Where glory decks the hero's bier
Or binds his brow.

The sword, the banner, and the field,
Glory and Grace, around me see!
The Spartan, born upon his shield,
Was not more free.

Awake! (not Greece—she is awake!)
Awake, my spirit! Think through whom
The life-blood tracks its parent lake,
And then strike home!

Tread those reviving passions down;
Unworthy manhood!—unto thee
Indifferent should the smile or frown
Of beauty be.

If thou regret'st thy youth, why live;
The land of honorable death

Is here:—up to the field, and give
　　Away thy breath!

Seek out—less sought than found—
　　A dier's grave for thee the best;
Then look around, and choose thy ground,
　　And take thy rest.

年歲已經殭化我的柔心，
　　我再不能感召他人的同情；
但我雖則不敢想望戀與憫，
　　我不願無情！

往日已隨黃葉枯萎，飄零；
　戀情的花與果更不留縱影，
只賸有腐土與蟲與愴心，
　長伴前途的光陰！

燒不燼的烈焰在我的胸前，
　孤獨的，像一個噴火的荒島；
更有誰憑弔，更有誰憐——
　一堆殘骸的焚燒！

希冀，恐懼，靈魂的憂焦，

戀愛的靈感與苦痛與蜜甜，
我再不能嘗味，再不能自傲——
我投入了監牢！

但此地是古英雄的鄉國，
白雲中有不朽的靈光，
我不當怨艾，惆悵，爲什麼
這無端的悽惶？

希臘與榮光，軍旗與劍器，
古戰場的塵埃，在我的周遭，
古勇士也應慕羨我的際遇，

此地，今朝！

蘇醒！不是希臘——她早已驚起！）
　蘇醒，我的靈魂！問誰是你的
血液的泉源，休辜負這時機，
　鼓舞你的勇氣！

丈夫！休教已往的沾戀
　夢魘似的壓迫你的心胸，
美婦人的笑與顰的婉戀，
　更不當容寵！

再休眷念你的消失的青年，
　此地是健兒殉身的鄉土，
聽否戰場的軍鼓，向前，
　毀滅你的體膚！
只求一個戰士的墓窟，
　收束你的生命，你的光陰；
去選擇你的歸宿的地域，
　自此安寧。

他念完了詩句，只覺得徧體的狂熱，壅住了呼吸，他就把外衣脫下，走入水中，向着浪頭的白沫裏聳身一竄，像一隻海豹似的，鼓動着鰭脚，在鐵青色的水波裏泳了出去。……

『衝鋒，衝鋒，跟我來！』

衝鋒，衝鋒，跟我來！這不是早一百年拜倫在希臘梅鎖龍奇臨死前昏迷時說的話？那時他的熱血已經讓冷血的醫生給放完了，但是他的爭自由的旗幟却還是緊緊的擎在他的手裏。……

再遲八年，一位八十二歲的老翁也在他的解脫前，喊一聲"Mere licht!"

『不夠光亮！』『衝鋒，衝鋒，跟我來！』

火熱的烟灰吊在我的手背上，驚醒了我的出神，我正想開口答復那位朋友的譏諷，誰知道睁眼看時，他早溜了！

（十四年四月二日）

羅曼羅蘭

羅曼羅蘭(Romain Rolland)，這個美麗的音樂的名字，究竟代表些什麼？他爲什麼值得國際的敬仰，他的生日爲什麼值得國際的慶祝？他的名字，在我們多少知道他的幾個人的心裏，喚起些個什麼？他是否值得我們已經認識他思想與景仰他人格的更親切的認識他，更親切的景仰他；從不會接近他的趕快從他的作品裏去接近他？

一個偉大的作者如羅曼羅蘭或托爾斯泰，正像是一條大河，它那波瀾，它那曲折，它那氣象，隨處不同，我們不能劃出它的一灣一角來代表它那全流。我們有幸福在書本上結識他們的正比是尼羅河或揚子江沿岸的泥㙍，各按我們的受量分沾他們的潤澤的恩惠罷了。說起這兩位作者——托爾斯泰與羅曼羅蘭：他們靈感的泉源是同一的，他們的使命是同一的，他們在精神上有相互的默契（詳後），彷彿上天從不教他的靈光在世上完全滅跡，所以在這普徧的混沌與黑暗的世界內往往有這類稟承靈智的大天才在我們中間指點迷塗，啓示光明。

但他們也自有他們不同的地方；如其我們還是引申上面這個比喻，托爾斯泰，羅曼羅蘭的前人，就更像是尼羅河的流域，它那兩岸是浩瀚的沙磧，古埃及的墓宮，三角金字塔的映影，高矗的棕櫚類的林木，間或有帳幕的遊行隊，天頂永遠有異樣的明星；羅曼羅蘭，托爾斯泰的後人，像是揚子江的流域，更近人間，更近人情的大河，它那兩岸是青綠的桑麻，是連櫛的房屋，在波鱗裏泅着的是魚是蝦，不是長牙齒的鱷魚，岸邊聽得見的也不是神秘的駝鈴，是隨熟的鷄犬聲。

這也許是斯拉夫與拉丁民族各有的異稟，在這兩位大師的身上得到更集中的表現，但他們潤澤這苦旱的人間的使命是一致的。

十五年前一個下午，在巴黎的大街上，有一個穿馬路的叫汽車給碰了，差一點沒有死。他就是羅曼羅蘭。那天他要是死了，巴黎也不會怎樣的注意，至多報紙上本地新聞欄裏登一條小字：『汽車肇禍，撞死了一個走路的，叫羅曼羅蘭，年四十五歲，在大學裏當過音樂史教授，曾經辦過一種不出名的雜誌叫 Cahiers de laguinzaine 的』。

但羅蘭不死，他不能死；他還得完成他分定的使命。在歐戰爆裂的那一年，羅蘭的天才，五十年來在無名的黑暗裏埋著的，忽然取得了普遍的認識。從此他不僅是全歐心智與精神的領袖，他也是全世界一個靈感的泉源。他的聲音彷彿是最高峯上的崩雪，迴響在遠近的萬壑間。五年的大戰毀了無數的生命與文化的成績，但毀不了的是人類幾個基本的信念與理想，在這無形的精神價值的戰場上羅蘭永遠是一個不仆的英雄。對着在惡鬥的漩渦裏掙扎着的全歐羅蘭喊一聲彼此是弟兄放手！　對着蜘網似密布，疫癘似蔓延的怨恨，仇毒，虛妄，瘋癲，羅蘭集中他孤獨的理智與情感的力量作戰。　對着普遍破壞的現象，羅蘭伸出他單獨的臂膀開始組織人道的勢力。　對着叫褊淺的國家主義與惡毒的報復本能迷惑住的智識階級，他大聲的喚醒他們應負的責任，要他們恢復思想的獨立，救濟盲目的羣衆。

『在戰場的空中』——"Above the Battle Field"——不是在戰場上，在各民族共同的天空，不是在一國的領土內，我們聽得羅蘭的大聲，也就是人道的呼聲，像一陣光明的驟雨，激鬥着地面上互殺的烈䬸。羅蘭的作戰是有結果的，他聯合了國際間自由的心靈，替未來的和平築一層有力的基礎。　這是他自己的話：——

『我們從戰爭得到一個付重價的利益，它替我們聯合了各民族中不甘受流行的種族怨毒支配的心靈。　這次的教訓益發激勵他們的精力，強固他們的意志。誰說人類友愛是一個絕望的理想？我再不懷疑未來的全歐一致的結合。我們不久可以實現那精神的統一。這戰爭只是它的熱血的洗禮。」

這是羅蘭，勇敢的人道的戰士！當他全國的刀鋒一致向著德人的時候，他敢說不，眞正的敵人是你們自己心懷裏的仇毒。當全歐破碎成不可收拾的斷片時，他想像到人類更完美的精神的統一。友愛與同情，他相信，永遠是打倒仇恨與怨毒的利器；他永遠不懷疑他的理想是最後的勝利者。在他的前面有托爾斯太與道施滔奄夫斯基（雖則思想的形式不同）他的同時有泰谷爾與甘地（們他的思想的形式也不同），他們的立場是在高山的頂上，他們的視域在時間上是歷史的全部，在空間裏是人類的全體，他們的聲音是天空裏的雷震，他們的贈與是精神的慰安。我們都是牢獄裏的囚犯，鐐梏壓住的，鐵欄錮住的，難得有一絲雪亮暖和的陽光照上我們黝黑的臉面，難得有喜雀過路的歡聲淸醒我們昏沈的頭腦。『重濁』，羅蘭開始他的貝德花芬傳：

『重濁是我們周圍的空氣。這世界是叫一種凝厚的汚濁的穢息給悶住了——一種卑瑣的物質壓在我們的心裏，壓在我們的頭上，叫所有民族與個人失却了自由工作的機會。我們全讓搯住了轉不過氣來。來，讓我們打開窗子好叫天空自由的空氣進來，好叫我們呼吸古英雄們的呼吸。』

打破我執的偏見來認識精神的統一；打破國界的偏見來認識人道的統一。這是羅蘭與他同理想者的教訓。解脫怨毒的束縛來實現思想的自由；反抗時代的壓迫來恢復性靈的尊嚴。這是羅蘭與他同想理者的教訓。人生原是與苦俱來的；我們來做人的名分不是咒詛人生因爲它給我們苦痛，我們正應在苦痛中學習，修養，覺悟，在苦痛中發現我們內蘊的寶藏，在苦痛中領會人生的眞際。

英雄，羅蘭最崇拜如密倫朗其羅與貝德花芬一類人道的英雄，不是別的，只是偉大的耐苦者。

那些不朽的藝術家，誰不曾在苦痛中實現生命，實現藝術，實現宗教，實現一切的奧義？

自己是個深感苦痛者，他推致他的同情給世上所有的受苦者；在他這受苦，這耐苦，是一種偉大，比事業的偉大更深沈的偉大。

他要尋求的是地面上感悲哀感孤獨的靈魂。

『人生是艱難的。

誰不甘願承受庸俗，他這輩子就是不斷的奮鬥。

並且這往往是苦痛的奮鬥，沒有光彩，沒有幸福，獨自在孤單與沈默中掙扎。

窮困壓著你，家累累着你，無意味的沈悶的工作消耗你的精力，沒有歡欣，沒有希冀，沒有同伴，你在這黑暗的道上甚至連一個在不幸中伸手給你的骨肉的機會都沒有。』

這受苦的

概念便是羅蘭人生哲學的起點，在這上面他求築起一座強固的人道的寓所。因此在他有名的傳記裏他用力傳述先賢的苦難生涯，使我們憬悟至少在我們的苦痛裏，我們不是孤獨的，在我們切己的苦痛裏隱藏着人道的消息與線索。『不快活的朋友們，不要過分的自傷，因爲最偉大的人們也曾分嘗味你們的苦味。我們正應得跟着他們的努奮自勉。假如我們覺得軟弱，讓我們靠着他們喘息。他們有安慰給我們。從他們的精神裏放射着精力與仁慈。即使我們不研究他們的作品，即使我們聽不到他們的聲音，單從他們面上的光彩，單從他們曾經生活過的事實裏，我們應得感悟到生命最偉大，最生產——甚至最快樂——的時候是在受苦痛的時候。』

我們不知道羅曼羅蘭先生想像中的新中國是怎樣的；我們不知道爲什麼他特別示意要聽他的思想在新中國的回響。但如其他能知道新中國像我們自己知道它一樣，他一定感覺與我們更密切的同情，更貼近的關係，也一定更急急的伸手給我們握着——因爲你們知道，我也知道，什麼是新中國只是新發見的深沈的悲哀與苦痛深深的盤伏在人生的底裏！　這也許是我個人新中國的解釋；但如其有人拿一些時行的口號，什麼打倒帝國主義等等，或是分裂與猜忌的現像，去報告羅蘭先生說這是新中國，我再也不能預料他的感想了。

○　○　○　○　○

我已經沒有時候與地位敍述羅蘭的生平與著述；我只能匆匆的略說梗概。　他是一個音樂的天才，在幼年音樂便是他的生命。　他媽教他琴，在諧音的波動中他的童心便發見了不可言喩的快樂。　莫察德與貝德花芬是他最早發見的英雄。　所以在法國經受普魯士戰爭愛國主義最高激的時候，這位年輕的聖人正在「敵人」的作品中嘗味最高的藝術。他的自傳裏寫着：『我們家裏有好多舊的德國音樂書。德國？我懂得那個字的意義？在我們這一帶我相信德國人從沒有人見過的。我翻着那一堆舊書，爬在琴上拼出一個個的音符。這些流動的樂音，諧調的細流，灌溉着我的童心，像雨水漫入泥土似的淹了進去。莫察德與貝德花芬的快樂與苦痛，想望的幻夢，漸漸的變成了我的肉的肉，我的骨的骨。我是它們，它們是我。要沒有它們我怎過得了我的日子？我小時生病危殆的時候，莫察德的一個調子就像愛人似的貼近我的枕衾看着我。長大的時候，每回逢着懷疑與懊喪，貝德花芬的音樂又在我的心裏撥旺了永久生命的火星。每回我精神疲倦了，或是心上有不如意事，我就找我的琴去，在音樂中洗淨我的煩愁。』

要認識羅蘭的不僅應得讀他神光煥發的傳記，還得讀他十卷的

Jean Christophe，在這書裏他描寫他的音樂的經驗。

他在學堂裏結識了莎士比亞，發見了詩與戲劇的神奇。他的哲學的靈感，與葛德一樣，是汎神主義的斯賓諾塞。他早年的朋友是近代法國三大詩人：克洛岱爾（Paul Claudel 法國駐日大使），Ande Suares，與 Charles Peguy（後來與他同辦 Cahiers de la Quinzaine）。那時槐格納是壓倒一時的天才，也是羅蘭與他少年朋友們的英雄。但在他個人更重要的一個影響是托爾斯太。他早就讀他的著作，十分的愛慕他，後來他念了他的藝術論，那隻俄國的老象——用一個偷來的比喻——走進了藝術的花園裏去，左一脚踩倒了一盆花，那是莎士比亞，右一脚又踩倒了一盆花，那是貝德花芬，這時候少年的羅曼羅蘭走到了他的思想的歧路了。莎氏，貝氏，托氏，同是他的英雄，但托氏憤憤的申斥莎貝一流的作者，說他們的藝術都是要不得，不相干的，不是眞的人道的藝術——他早年的自己也是要不得不相干的。在羅蘭一個熱烈的尋求眞理者，這來就好似青天裏一個霹靂；他再也忍不住他的疑慮。他寫了一封信給托爾斯泰，陳述他的衝突的心理。他那年二十二歲。過了幾個星期羅蘭差不多把那信忘都忘了，一天忽然接到一封郵件：三十八滿頁寫的一封長信，偉大的托爾斯泰的親筆給這不知名的法國少年的！『親愛的兄弟，』那六十老人稱呼他，『我接到你的第一封信，我深深的受感在心。我念你的信，淚水在我的眼裏。』下面說他藝術的見解：我們投入人生的動機不應是爲藝術的愛，而應是爲人類的愛。只有經受這樣靈感的人才可以希望在他的一生實現一些値得一做的事業。這還是他的老話，但少年的羅蘭受深徹感動的地方是在這一時代的聖人竟然這樣懇切的同情他，安慰他，指示他，一個無名的異邦人。他那時的感奮我們可以約略想像。因此羅蘭這幾十年來每逢少年人有信給他，他沒有不親筆作復，用一樣慈愛誠摯的心對待他的後輩。這來受他的靈感的少年人更不知多少了。這是一件含獎勵性的事實。我們從可以知道凡是一件不勉強的善事就比如春天的薰風，它一路來散布著生命的種子，喚醒活潑的世界。

但羅蘭那時離著成名的日子還遠，雖則他從幼年起只是不懈的努力。他還得經嘗身世的失望（他的結婚是不幸的，近三十年來他幾於是完全隱士的生涯，他現在瑞士的魯山，聽說與他妹子同居），種種精神的苦痛，才能實受他的勞力的報酬——他的天才的認識與接受。他寫了十二部長篇劇本，三部最著名的傳記（密佉朗其羅，貝德花芬，托爾斯泰），十大篇Jean Christophe，算是這時代裏最重要的作品的一部，還有他與他的朋友辦了十五年灰色的雜誌，但他的名字還是在晦塞的灰堆裏掩著——直到他將近五十歲那年，這世界方才開始驚訝他的異彩。貝德花芬有幾句話，我想可以一樣適用到一生勞悴不怠的羅蘭身上：——

『我沒有朋友，我必得單獨過活；但是我知道在我心靈的底裏上帝是近著我，比別人更近。我走近他我心裏不害怕，我一向認識他的。我從不著急我自己的音樂，那不是壞運所能顛仆的，誰要能懂得它，它就有力量使他解除磨折旁人的苦惱。』

（十四年十月）

達文謇的剪影

基烏凡尼鮑爾脫拉飛屋的日記　一四九四——一四九五

（這是一本小說裏的一章。　那小說是一個俄國人（Merejkowski）做的，叫作『達文謇的故事』（The Romance of Leonardo da Vinci）。鮑爾脫拉飛屋是達文謇的一個學徒，這一章是他學徒期內的日記。　用不着說，達文謇是意大利復興時期內頂大的一朵牡丹，它那香氣到今天還不曾散盡。　這日記當然不是眞本，但達文謇偉大奧妙的天才至少在這幾頁內留下一個靈活的剪影。　他的藝術談是這幾百年來藝術學生們枕中的秘寶，我們應得知道一些的。）

一四九四年，三月二十五日，那天我進了翡冷翠大畫家雷那圖達文審先生的畫室當一個學徒。

○　○　○　○　○

這是他敎給我們的課程：透視學（Perspective）；人體的分與量；臨大畫家的作品；寫生畫。

○　○　○　○　○

今天馬各杜奇烏拏，我的一個同事，給了我一本書，寫下的完全是老師說的話。書開頭是這一節：

人的身體從太陽的光亮得到最純粹的快樂；人的心靈，從數學清澈的照亮。因此透視學（這透視學包涵兩件事情，一是靈動的線條的考量，那是眼看的舒服，一是數理的清明，那是心智的舒服。）在各種研究與學科中應分佔着最高的地位。但願說過「我是眞的光亮」的他給我幫助，使我有法子理會這透視學，他的光亮的科學。這書我分成三部：第一，因距離故，事物形體的縮小；第二，色彩的明顯度的減損；第三，輪廓清晰的減淡」。

○　○　○　○　○

老師像父親似的看管着我。自從知道我窮，他再不肯收我原約定的月費。

○　○　○　○　○

老師說：

等你們透視學有了把握，人體的分量心裏有數以後，你們上街去就得用心留意人們的姿態與行動，看他們怎樣站定，走動，談天，吵鬧；看他們怎樣發笑，怎樣打架；看他們有這些動作時面上的神情，看來勸散他們的旁人面上的神情；看站在一邊冷眼看着的人們的神情。把你看到的全用鉛筆記在你的顏色紙訂成的袖珍册子裏，這書隨你到那兒都得帶着。册子滿了，再換一本；第一本擺開了，留着。保存原稿，不要損壞或是擦糊了它們：因爲人體的動法是最變幻不盡的，單憑記憶是靠不住的。你得把這些粗糙的底稿看作你們最好的先生。」

我也有了這樣一册書。

○　○　○　○　○

今天在P街上，離大教堂不遠，我見着我的伯父。他對我說他不認我了；他罵我到一個異教徒邪人的家裏去毀滅我的靈魂。

○　○　○　○　○

每回我心裏不高興，只要對着他的臉看看就會清鬆快活的。多奇怪他的一雙眼：清，藍，澹，冷——冰似的冷。聲音，最可親，軟和極了。

最凶暴，最頑固的人也抵抗不過他的溫馴善誘。

他坐在他的工作檯上，心裏盤算着什麼，手撚着捋着他的金色的髭鬚，又長又軟的像是女孩子身上的絲綢。

他跟誰說話的時候，他就微微眯着一雙眼，有一種高興和靄的神情；他的目光，從濃厚蔭蓋的眉毛下照出來，直透你的靈魂。

○ ○ ○ ○ ○

他不喜歡鮮艷的顏色，不喜歡時新累贅的式樣；他也不愛薰香。他的衣料是雷尼希的棉布，異樣的整潔好看。

他的黑絨便帽是素淨的，不裝羽毛，不加裝飾。

他的衣色是黑的；但他穿一件長過膝蓋的深紅色斗篷，直襇往下垂的，翡冷翠古式。

他的行動是閒暇沈靜的，但也引人注意。

他跟誰都不一樣。

○ ○ ○ ○ ○

弓弩都是他的擅長，會騎，會水，精通小劍門術。今天我見他拿一個小錢丟中一個教堂最高的圓頂。雷那圖先生，憑他手臂的玲巧與力量，誰都比不過他。

他是用左手的；但別看這左手，又瘦弱又軟和像是女人的，他扳得灣鐵條，扭得癟大鐘鐘裏的垂舌。

○　○　○　○　○

我正看着他，甲可布那孩子笑着跑來，拍着手。『蹩腿的來了，雷那圖先生，怪物來了！你快到廚房裏來。我給你找了這類寶貝來，你該樂得直舐你的手哪！』

『他們那兒來的？』

『一個廟門口找來的。貝加摩地方來的叫化！我答應了他們要是他們願意給你畫你有晚飯給他們吃。』

天開了不曾畫全的聖貞，雷那圖就跑廚房去，我跟着。果然有兩兄弟，年紀頂老，生水腫病的，脖子上掛着怪粗的大瘤。同來還有一個女的，是那一個的妻子，一個乾癟的小老皮囊，她的名字叫拉格尼娜，（意思是小蜘蛛）倒正合式。

『你看』，甲可布得意的叫着，『我說你看了準樂！可不是就我知道你喜歡什麼？』

雷那圖靠近着這精怪似的凳子坐下，吩咐要酒，親手倒給他們喝，和氣的問話，講笑話給他們聽讓他們樂。初起他們看着不自在，心裏懷着鬼胎，摸不淸叫他們進來是什麼意思。但是等到他們聽他講故事，講一個死猶太，他的同伴們爲要躲避波龍尼亞境內不准猶太人埋葬的法令，私下把他的屍體割成小塊，上了鹽，加了香料，運到威尼市去，叫一個翡冷翠去的耶敎徒給吃了的一番話，那小蜘蛛笑得差一點漲破了肚子。一會兒三個人全喝得薰薰了，笑着說着，做出種種奇醜的鬼臉。我看得惡心扭過了頭去；但雷那圖看着他們興趣濃極了；等他們的醜態到了窮極的時候，他掏出他的本子來臨着描，正如他方才畫聖貞的笑容，同樣那欣欣然認眞的神氣。

到晚上他給我看一大集的滑稽畫；各類的醜態，不僅是人的，畜生的也有——怕人的怪樣子，像是病人熱昏中見着的，人獸不分的，看了叫人打寒噤。一個箭猪的蓮蓬嘴，硬毛攢聳聳的，下嘴唇往下宕着，又鬆又薄像是一塊破布，露着兩根杏仁形的長白牙，像人的獰笑；一個老婦人，鼻子扁蹋的長着毛，肉痣般大小，口唇異樣的厚，像是爛了的樹幹裏長出來的那些肥胖發黏性的毒菌。

○　○　○　○　○

塞沙里（達文謇另一個學徒）對我說有時老師在路上見着什麼醜

怪：會整天的跟着看。偉大的奇醜，他說，與偉大的美是一樣的希有；只有平庸是可以忽略的。

馬各做事像牛一樣的蠢，先生怎麼說他非得怎麼做不行；他愈用功愈不成功。他有的是非常的恒心。他以爲只要耐心與勞力沒有事做不成的；他一點也不疑惑他有畫成名的一天。

在我們幾個學徒裏面，他最高與老師的種種發明。有一天他帶了他的小册子到一條十字街口去看熱鬧，按着老師的辨法，把人堆裏使他特別注意的臉子全給縮寫記了下來。但到家的時候他再也不能把他的縮寫翻成活人的臉相。他又想學雷那圖用調羹量顏色，也是一樣的失敗。他畫出來的影子又厚又不自然，人臉子都是呆木無意趣的。馬各自以爲他的失敗是由於沒有完全遵照老師的規則。塞沙里嘲笑他。

『這位獨一的馬各』，他說，『是殉科學的一個烈士。他給我們的教訓是所有這些度量法與規則是完全沒有用的。光知道孩子是怎樣生法並不一定幫助你實際生孩子。雷那圖欺他自己，也欺別人；他教的是一件事，他做的另是一件事。他動手畫的時候他什麼規則也不管除了他自己的靈感；可是他還不願意光做一個大美術家，他同時要做一個科學家。我怕他同時趕兩個兔子結果竟許一個都趕不到。』

塞沙里這番嘲笑話不一定完全沒有道理；但對師父的愛是沒有的。雷那圖也聽他的話，誇獎他的聰明，從來不給他顏色看。

○　○　○　○　○

我看着他畫他的 Cenacolo（即「最後一次晚餐」，在米蘭）有時一早太陽沒有出，他就去修道院的飯堂工作，直畫到黃昏的黑影子強迫他停止；他手裏的畫筆從不放下，喫喝他都記不得。有時他讓幾個星期過去，顏色都不碰。有時他站在繩架上，畫壁前，一連好幾個時辰，單是看着批評着他已經畫得的。還有時候我見他在大暑天衝着街道上的惡熱直跑到那廟裏去；像是一個無形的力量逼着他；他到了就爬上架子去，塗上兩筆或是三筆，跳下來轉身就跑。

○ ○ ○ ○ ○

他正在工作使徒的翰的臉。今天他該得完功的。可是不，他就在家裏伴着甲可布那孩子，看蒼蠅黃蜂蟲子飛。他研究蟲子的結構那認眞的神氣正比如人類的運命全在這上面放着。看出了蟲子的後腿是一種櫓的作用，他那快活就比如他發見了長生的秘密，這一點他看得極有用，他正造他那飛行機哪。可憐使徒約翰！今天又來了一個新岔子，蒼蠅又不要了。老師正做着一個圖案，又美又精緻的，這是預備一個學院的門徽，其實這機關還在米蘭公的腦子裏且不成形哩。這圖案是一個方塊，上畫着皇冠形的一球繩子，相互的糾着，沒有頭沒有尾的。我再也忍不住，我就提醒他沒畫完的使徒。他聳聳他的肩膀，眼對着他的繩冠圖案頭也不抬的在牙縫中間說話：

『耐着！有的是時候！約翰的腦袋跑不了的！』

我這才開始懂得塞沙里的悻悻！

○ ○ ○ ○ ○

米蘭公吩咐他在宮裏造聽筒，隱在壁內看不見的，仿製『達尼素斯的耳朵』。雷那圖初起狠有勁，但現在冷了，推頭這樣那樣的把事情擱了起來。米蘭公催着他，等不耐煩了；今早上幾次來召進宮去，但是老師正忙着他的植物試驗。他把南瓜的根割了去，只存了一根小芽，勤勤的拿水澆着。這本子居然沒有枯，他得意極了。

[illegible]母親』，他說，『養孩子養得不錯。』　六十個長方形的南瓜結成功了。

○　○　○　○　○

塞沙里說雷那圖是一個最不了的落拓家。　他寫下了有二十本關於自然科學的書，但沒有一本完全的，全是散葉子上的零碎札記；這五千多頁的稿子他亂放着一點沒有秩序，他要尋什麼總是尋不着的。

○　○　○　○　○

走近我的小屋子來，他說：『基烏凡尼，你注意過沒有，這小屋子叫你的思想往深處走，大屋子叫它往寬處去？　還有你注意過不曾在雨的陰影下看東西的形像比在陽光下看更清楚？』　在使徒約翰的臉上做了兩天工。　但是，不成！　這幾天忙着玩蒼蠅，南瓜，貓，達尼素斯的耳朵一類的結果，那一點靈感覺像跑了似的。　他還是沒有畫成那臉子，這來他一膩煩，把顏色匣子一丟，又躲着玩他的幾何去了。他說彩油的味兒叫他發嘔，見着那畫具就煩。這樣一天天的過去；我們就像是一隻船在海口裏等着風信，靠傍的就只機會的無常，與上帝的意旨。還虧得他倒忘了他那飛機，否則我們準餓死。

什麼東西在旁人看來已經是盡善盡美的，在他看來通體都是錯。因此他要的是最高無上的，不可得的，人的力量永遠夠不到的。因此他的作品都沒有做完全的。

○　○　○　○　○

安德利亞沙拉挐病倒了。老師調養着他，整夜伴着他，靠在他的枕邊看護他；但是誰都不敢對他提吃藥。馬各不識趣的給買了一盒子藥，可是叫雷那圖找着了，拿起手就往窗子外擲了出去。安德利亞自己想放血，講起他認識有一個很好的醫家；但老師很正當的發了氣，用頂損的話罵所有的醫生。

『你該得當心的是保存，不是醫治，你的健康；提防醫生們。』

他又加了一句話，『什麼人都積錢來給醫生們用——毀人命的醫生們。』

（十五年一月）

濟慈的夜鶯歌

詩中有濟慈(John Keats)的『夜鶯歌，』與禽中有夜鶯一樣的神奇。除非你親耳聽過，你不容易相信樹林裏有一類發癡的鳥，天晚了才開口唱，在黑暗裏傾吐他的妙樂，愈唱愈有勁，往往直唱到天亮，連眞的心血都跟着歌聲從她的血管裏嘔出；除非你親自咀嚼過，你也不易相信一個二十三歲的青年有一天早飯後坐在一株李樹底下迅筆的寫，不到三小時寫成了一首八段八十行的長歌，這歌裏的音樂與夜鶯的歌聲一樣的不可理解，同是宇宙間一個奇蹟，即使有那一天大英帝國破裂成無可記認的斷片時，夜鶯歌依舊保有他無比的價值：萬萬里外的星亙古的亮着，樹林裏的夜鶯到時候就來唱着，濟慈的夜鶯歌永遠在人類的記憶裏存着。

那年濟慈住在倫敦的Wentworth Place。百年前的倫敦與現在的英京大不相同，那時候『文明』的沾染比較的不深，所以華次華士站在威士明治德橋上，還可以放心的謳歌青晨的倫敦，還有福氣在『無煙的空氣』裏呼吸，望出去也還看得見『田地，小山，石頭，曠野，一直開拓到天邊。』那時候的人，我猜想，也一定比較的不野蠻，近人情，愛自然，所以白天聽得着滿天的雲雀，夜裏聽得着夜鶯的妙樂。要是濟慈遲一百年出世，在夜鶯絕跡了的倫敦市裏住着，他別的著作不敢說，這首夜鶯歌至少，怕就不會成功，供人類無盡期的享受。說起眞覺得可慘，在我們南方，古蹟而兼是藝術品的，止淘成了西湖上一座孤單的雷峯塔，這千百年來雷峯塔的文學還不曾見面，雷峯塔的映影已經永別了波心！也許我們的靈性是麻皮做的，木屑做的，要不然這時代普遍的苦痛與煩惱的呼聲還不是最富靈感的天然音樂；——但是我們的濟慈在那裏？　我們的『夜鶯歌』在那裏？濟慈有一次低低的自語——『I feel the flowers growing on me。』意思是『我覺得鮮花一朵朵的長上了我的身，』就是說他一想着了鮮花，他的本體就變成了鮮花，在草叢裏掩映着，在陽光裏閃亮着，在和風裏一瓣瓣的無形的伸展着，在蜂蝶輕薄的口吻下羞暈着。　這是想像力最純粹的境界：孫猴子能七十二般變化，詩人的變化力更是不可限量——莎士比亞戲劇裏至少有一百多個永遠有生命的人物，男的女的，貴的賤的，偉大的，卑瑣的，嚴肅的，滑稽的，還不是他自己搖身一變變出來的。　濟慈與雪萊最有這與自然諧合的變術；——雪萊製「雲歌」時我們不知道雪萊變了雲還是雲變了雪萊；歌『西風』時不知道歌者是西風還是西風是歌者；頌『雲雀』時不知道是詩人在九霄雲端裏唱着還是百靈鳥在字句裏叫着；同樣的濟慈詠『憂鬱』

『Odeon Melancholy』時他自己就變了憂鬱本體，「忽然從天上吊下來像一朵哭泣的雲；」他讚美「秋」「To Autumn」時他自己就是在樹葉底下掛着的葉子中心那顆漸漸發長的核仁兒，或是在稻田裏靜偃着玫瑰色的秋陽！這樣比稱起來，如其趙松雪關緊房門伏在地下學馬的故事可信時，那我們的藝術家就落粗蠢，不堪的「鄉下人氣味！」

他那夜鶯歌是他一個哥哥死的那年做的，據他的朋友有名肖像畫家Robert Hayden給Miss Mitford的信裏說，他在沒有寫下以前早就起了腹稿，一天晚上他們倆在草地裏散步時濟慈低低的背誦給他聽——「... in a low, tremulous undertone which affected me extremely」那年碰巧——據着濟慈傳的Lord Houghton說，在他屋子的隣近來了一雙夜鶯，每晚不倦的歌唱，他很快活，常常留意傾聽，一直聽得他心痛神醉逼着他從自己的口裏複製了一套不朽的歌曲。我們要記得濟慈二十五歲那年在意大利在他一個朋友的懷抱裏作古，他是，與他的夜鶯一樣，嘔血死的！

能完全領略一首詩或是一篇戲曲，是一個精神的快樂，一個不期然的發現。這不是容易的事；要完全了解一個人的品性是十分難，要完全領會一首小詩也不得容易。我簡直想說一半得靠你的緣分，我真有點兒迷信。就我自己說，文學本不是我的行業，我的有限的文學知識是「無師傳授」的。斐德 Walter Pater 是一天在路上碰着大雨到一家舊書鋪去躲避無意中發現的，哥德（Goethe）——說來更怪了——是司蒂文孫（R. L. S.）介紹給我的，（在他的 Art of Writing 那書裏他稱讚George Henry Lewes的葛德評傳.，Everyman edition 一塊錢就可以買到一本黃金的書）柏拉圖是一次在浴室裏忽然想着要去拜訪他的。雪萊是爲他也離婚才去仔細請教他的，杜思退益夫斯基，托爾斯泰，丹農雪烏，波特萊耳，盧騷，這一班人也各有各的來法，反正都不是經由正宗的介紹：都是邂逅，不是約會。這次我到平大教書也是偶然的，我教着濟慈的夜鶯歌也是偶然的，乃至我現在動手寫這一篇短文，更不是料得到的。友鸞再三要我寫才鼓起我的興來，我也很高興寫，因爲看了我的乘興的話，竟許有人不但發願去讀那夜鶯歌，並且從此得到了一個親口嘗味最高級文學的門徑，那我就得意極了。

但是叫我怎樣講法呢？在課堂裏一頭講生字一頭講典故，多少有一個講法，但是現在要我坐下來把這首整體的詩分成片段詮釋他的意義，可眞是一個難題！領略藝術與看山景一樣，只要你地位站得適當，你這一望一眼便吸收了全景的精神；要你「遠視」的看，不是近視的看；如其你捧住了樹才能見樹，那時即使你不惜工夫一株一株的審查過去，你還是看不到全林的景子。所以分析的看藝術，多少是殺風景的：綜合的看法才對。所以我現在勉強講這夜鶯歌，我不敢說我能有什麼心得的見解！我並沒有！我只是在課堂裏講書的態度，按句按段的講下去就是；至於整體的領悟還得靠你們自己，我是不能幫忙的。

你們沒有聽過夜鶯先是一個困難。北京有沒有我都不知道。下回蕭友梅先生的音樂會要是有貝德花芬的第六個「沁芳南」（The Pastoral Symphony）時，你們可以去聽聽，那裏面有夜鶯的歌聲。好吧，我們只要能同意聽音樂——自然的或人爲的——有時可以使我們聽出神：譬如你晚上在山脚下獨步時聽着清越的笛聲，遠遠的飛來，你即使不滴淚，你多少不免「神往」不是？或是在山中聽泉樂，也可使你忘却俗景，想像神境。我們假定夜鶯的歌聲比我們白天聽着的什麼鳥都要好聽；他初起像是襲雲甫，嗓子發沙的，很懈的試她的新歌；頓上一頓，來了，有調了。可還不急，只是清脆悅耳，像是珠走玉盤（比喻是滿不相干的！）慢慢的她動了情感，彷彿忽然想起了什麼事情使他激成異常的憤慨似的，他這才眞唱了，聲音越來越亮，調門越來越新奇，情緒越來越熱烈，韵味越來越深長，像是無限的歡暢，像是艷麗的怨慕，又像是變調的悲哀——直唱得你在旁傾聽的人不自主的跟着她興奮，伴着她心跳。你恨不得和着她狂歌，就差你的嗓子太粗太濁合不到一起！這是夜鶯；這是濟慈聽着的夜鶯，本來晚上萬籟靜定後聲音的感動力就特強，何況夜鶯那樣不可模擬的妙樂。

好了；你們先得想像你們自己也教音樂的沈醴浸醉了，四肢輭蘇蘇的，心頭癢蕣蕣的，說不出的一種濃味的馥郁的舒服，眼簾也是懶洋洋的挂不起來，心裏滿是流膏似的感想，遼遠的回憶，甜美的惆悵，閃光的希冀，微笑的情調一齊兜上方寸靈台時——再來——「in a low, tremulous undertone」——開誦濟慈的夜鶯歌，那才對勁兒！

這不是清醒時的說話；這是半夢囈的私語：心裏暢快的壓迫太重了流出口來綣繾的細語——我們用散文譯過他的意思來看：——

一『這唱歌的，唱這樣神妙的歌的，決不是一隻平常的鳥；她一定是一個樹林裏美麗的女神，有翅膀會得飛翔的。她眞樂呀，你聽獨自在黑夜的樹林裏，在枝幹交叉，濃蔭如織的青林裏，她暢快的開放她的歌調，讚美着初夏的美景，我在這裏聽她唱，聽的時候已經很多，她還是恣情的唱着；啊，我眞被她的歌聲迷醉了，我不敢羨慕她的清福，但我却讓她無邊的歡暢催眠住了，我像是服了一劑麻藥，或是喝盡了一劑鴉片汁，要不然爲什麼這睡昏昏思離離的像進了黑甜鄉似的，我感覺着一種微倦的麻痺，我太快活了，這快感太尖銳了，竟使我心房隱隱的生痛了！』

二

『你還是不倦的唱着——在你的歌聲裏我聽出了最香冽的美酒的味兒。呵，喝一盃陳年的眞葡萄釀都痛快呀！那葡萄是長在暖和的南方的，普魯罔斯那種地方，那邊有的是幸福與歡樂，他們男的女的整天在寬闊的太陽光底下作樂，有的攜着手跳春舞，有的彈着琴唱戀歌；再加那遍野的香草與各樣的樹馨——在這快樂的地土下他們有酒窖埋着美酒。現在酒味益發的澄靜，香冽了。眞美呀，眞充滿了南國的鄉士精神的美酒，我要來引滿一盃，這酒好比是希寶克林靈泉的泉水，在日光裏灩灩發虹光的淸泉，我拿一隻古爵盛一個撲滿。阿，看呀！這珍珠似的酒沫在這盃邊上發瞬，這盃口也叫紫色的濃漿染一個鮮豔；你看看，我這一口就把這一大盃酒吞了下去——這才眞醉了，我的神魂就脫離了軀殼，幽幽的辭別了世界，跟着你淸唱的音響，像一個影子似澹澹的掩入了你那暗沉沉的林中。』

三

想起這世界眞叫人傷心。　我是無沾戀的，巴不得有機會可以逃避，可以忘懷種種不如意的現象，不比你在青林茂蔭裏過無憂的生活，你不知道也無須過問我們這寒傖的世界，我們這裏有的是熱病，厭倦，煩惱，平常朋友們見面時只是愁顏相對，你聽我的牢騷，我聽你的哀怨；老年人耗盡了精力，聽憑癱症搖落他們僅存的幾莖可憐的白髮；年輕人也是叫不如意事蝕空了，滿臉的憔悴，消瘦得像一個鬼影，再不然就進墓門；眞是除非你不想他，你要一想的時候就不由得你發愁，不由得你眼睛裏鈍遲遲的充滿了絕望的晦色；美更不必說，也許難得在這裏，那裏，偶然露一點痕跡，但是轉瞬間就變成落花流水似沒了，春光是挽留不住的，愛美的人也不是沒有，但美景既不常駐人間，我們至多只能實現暫時的享受，笑口不曾全開，愁顏又回來了！因此我只想順着你歌聲離別這世界，忘却這世界，解化這憂鬱沉沉的知覺。』

四

『人間眞不值得留戀，去吧，去吧！我也不必乞靈於培克司（酒神）與他那寶輦前的文豹，只憑詩情無形的翅膀我也可以飛上你那裏去。阿，果然來了！到了你的境界了！這林子裏的夜是多溫柔呀，也許皇后似的明月此時正在她天中的寶座上坐着，周圍無數的星辰像侍臣似的拱着她。但這夜却是黑，闇陰陰的沒有光亮，只有偶然天風過路時把這青翠蔭蔽吹動，讓半亮的天光絲絲的漏下來，照出我脚下青茵濃密的地土。』

五

『這林子裏夢沉沉的不漏光亮，我脚下踏着的不知道是什麼花，樹枝上滲下來的清馨也辨不清是什麼香；在這薰香的黑暗中我只能按着這時令猜度這時候青草裏，矮叢裏，野菓樹上的各色花香；——乳白色的山楂花，有刺的野薔薇，在葉叢裏掩蓋着的芝羅蘭已快萎謝了，還有初夏最早開的麝香玫瑰，這時候準是滿承着新鮮的露釀，不久天暖和了，到了黃昏時候，這些花堆裏多的是採花來的飛蟲。』

我們要注意從第一段到第五段是一順下來的：第一段是樂極了的譫語，接着第二段聲調跟着南方的陽光放亮了一些，但情調還是一路的纏綿。第三段稍爲激起一點浪紋，迷離中夾着一點自覺的憤慨，到第四段又沉了下去，從「already with thee!」起，語調又極幽微，像是小孩子走入了一個陰涼的地窖子，骨髓裏覺着涼，心裏却覺着半害怕的特別意味，他低低的說着話，帶顫動的，斷續的；又像是朝上風來吹斷清夢時的情調；他的詩魂在林子的黑蔭裏聞着各種看不見的花草的香味，私下一一的猜測訴說，像是山澗平流入湖水時的尾聲……這第六段的聲調與情調可全變了；先前只是暢快的惝恍，這下竟是極樂的譫語了。 他樂極了，他的靈魂取得了無邊的解脫與自由，他就想永保這最痛快的俄頃，就在這時候輕輕的把最後的呼吸和入了空間，這無形的消滅便是極樂的永生；他在另一首詩裏說——

I Know this being's lease,
My fancy to its utmost bliss spreads,
Yet could I on this very midnight cease,
And the worlds gaudy ensign see in shreds;
Verse, Fame and Beauty are intense indeed,

But Death intenser—Death is Life's high Meed.

在他看來，（或是在他想來），「生」是有限的，生的幸福也是有限的——詩，聲名與美是我們活着時最高的理想，但都不及死，因爲死是無限的，解化的，與無盡流的精神相投契的，死才是生命最高的蜜酒，一切的理想在生前只能部分的，相對的實現，但在死裏却是整體的絕對的諧合，因爲在自由最博大的死的境界中一切不調諧的全調諧了，一切不完全全完全了，他這一段用的幾個狀詞要注意，他的死不是苦痛；是『Easeful death』舒服的，或是竟可以翻作『逍遙的死』；還有他說『Quiet breath』，幽靜或是幽靜的呼吸，這個觀念在濟慈詩裏常見，很可注意；他在一處排列他得意的幽靜的比象——

AUTUMN SUNS

Smiling at eve upon the quiet sheaves.
Sweet Sapphos Cheek--a sleeping infant's breath-
The gradual sand that through an hour glass runs
A woodland rivulet, a poet's death.

秋田裏的晚霞，沙浮女詩人的香腮，睡孩的呼吸，光陰漸緩的流沙，山林裏的小溪，詩人的死。

他詩裏充滿着靜的，也許香豔的，美麗的靜的意境，正如雪萊的詩裏無處不是動，生命的振動，劇烈的，有色彩的，嘹喨的。

我們可以拿濟慈的『秋歌』對照雪萊的『西風歌，』濟慈的，『夜鶯』對比雪萊的『雲雀，』濟慈的『憂鬱』對比雪萊的『雲』一是動，舞，生命，精華的，光亮的，搏動的生命，一是靜，幽，甜熟的，漸緩的，「奢侈」的死，比生命更深奧更博大的死，那就是永生。

懂了他的生死的概念我們再

來解釋他的詩：

六『但是我一面正在猜測着這青林裏的這樣那樣，夜鶯他還是不歇的唱着，這回唱得更濃更烈了。（先前只像荷池裏的雨聲，調雖急，韻節還是狠勻淨的；現在竟像是大塊的驟雨落在盛開的丁香林中，這白英在狂顫中繽紛的墮地，雨中的一陣香雨，聲調急促極了）所以他竟想在這極樂中靜靜的解化，平安的死去，所以他竟與無痛苦的解脫發生了戀愛，昏昏的隨口編着鍾愛的名字唱着讚美他，要他領了他永別這生的世界，投入永生的世界。這死所以不僅不是痛苦，眞是最高的幸福，不僅不是不幸，並且是一個極大的奢侈；不僅不是消極的寂滅，這正是眞生命的實現。在這青林中，在這半夜裏，在這美妙的歌聲裏，輕輕的挑破了生命的水泡，阿，去吧！同時你在歌聲中傾吐了你的內蘊的靈性，放膽的盡性的狂歌好像你在這黑暗裏看出比光明更光明的光明，在你的葉蔭中實現了比快樂更快樂的快樂：——我卽使死了，你還是繼續的唱着，直唱到我聽不着，變成了土，你還是永遠的唱着。』

這是全詩精神最飽滿音調最神靈的一節，接着上段死的意思與永生的意思，他從自己又回想到那鳥的身上，他想我可以在這歌聲裏消散，但這歌聲的本體呢？聽歌的人可以由生入死，由死得生，這唱歌的鳥，又怎樣呢？以前的六節都是低調，就是第六節調雖變，音還是像在浪花裏浮沈着的的一張葉片，浪花上湧時葉片上湧，浪花低伏時葉片也低伏；但這第七節是到了最高點，到了急調中的急調——詩人的情緒，和着鳥的歌聲，盡情的湧了出來：他的迷醉中的詩魂已經到了夢與醒的邊界。

這節裏Ruth的本事是在舊約書裏The Book of Ruth，她是嫁給一個客民的，後來丈夫死了，她的姑要回老家，叫她也回自己的家再嫁人去，羅司一定不肯，情願跟着她的姑到外國去守寡，後來他在麥田裏收麥，她常常想着她的本鄉，濟慈就應用這段故事。

七

『方才我想到死與滅亡，但是你，不死的鳥呀，你是永遠沒有滅亡的日子，你的歌聲就是你不死的一個憑證。時代儘遷異，人事儘變化，你的音樂還是永遠不受損傷，今晚上我在此地聽你，這歌聲還不是在幾千年前已經在着，富貴的王子曾經聽過你，卑賤的農夫也聽過你：也許當初羅司那孩子在黃昏時跕在異邦的田裏割麥，他眼裏含着一包眼淚思念故鄉的時候，這同樣的歌聲，曾經從林子裏透出來，給她精神的慰安，也許在中古時期幻術家在海上變出蓬萊仙島，在波心裏起造着樓閣，在這裏面住着他們攝取來的美麗的女郎，她們憑着窗戶望海思鄉時，你的歌聲也曾經感動她們的心靈，給他們平安與愉快。』

八　這段是全詩的一個總束，夜鶯放歌的一個總束，也可以說人生的大夢的一個總束。　他這詩裏有兩相對的（動機）；一個是這現世界，與這面目可憎的實際的生活：這是他巴不得逃避，巴不得忘卻的，一個是超現實的世界，音樂聲中不朽的生命，這是他所想望的，他要實現的，他願意解脫了不完全暫時的生爲要化入這完全的永久的生。　他如何去法，憑酒的力量可以去，憑詩的無形的翅膀亦可以飛出塵寰，或是聽着夜鶯不斷的唱聲也可以完全忘却這現世界的種種煩惱。　他去了，他化入了溫柔的黑夜，化入了神靈的歌聲——他就是夜鶯，夜鶯就是他。　夜鶯低唱時他也低唱，高唱時他也高唱，我們辨不清誰是誰，第六第七段充分發揮『完全的永久的生』那個動機，天空裏，黑夜裏已經充塞了音樂——所以在這裏最高的急調尾聲一個字音forlorn裏轉回到那一個動機，他所從來那個現實的世界，往來穿着的還是那一條線，音調的接合．轉變處也極自然；最後揉和那兩個相反的動機，用醒（現世界）與夢（想像世界）結束全文，像拿一塊石子擲入山壑內的深潭裏，你聽那音響又清切又諧和，餘音還在山壑裏迴盪着，使你想見那石塊慢慢的，慢慢的沈入了無底的深潭……音樂完了，夢醒了，血嘔盡了，夜鶯死了！但他的餘韻却嫋嫋的永遠在宇宙間迴響着……

（十三年十二月二日夜半）

天月山中筆記

佛於大衆中　說我當作佛　聞如是法音　疑悔悉已除
初聞佛所說　心中大驚疑　將非魔作佛　惱亂我心耶

——蓮華經譬喩品——

山中不定是清靜。廟宇在參天的大木中間藏著，早晚間有的是風，松有松聲，竹有竹韻，鳴的禽，叫的蟲子，閣上的大鐘，殿上的木魚，廟身的左邊右邊都安着接泉水的粗毛竹管，這就是天然的笙簫，時緩時急的參和着天空地上種種的鳴籟。靜是不靜的；但山中的聲響，不論是泥土裏的蚯蚓叫或是轎夫們深夜裏「唱寶」的異調，自有一種各別處：它來得純粹，來得清嘹，來得透徹，冰水似的沁入你的脾肺；正如你在泉水裏洗濯過後覺得清白些，這些山籟，雖則一樑是音響，也分明有洗淨的功能。

夜間這些清籟搖着你入夢，早清上你也從這些清籟的懷抱中蘇醒。

山居是福，山上有樓住更是修得來的。我們的樓窗開處是一片蓊葱的林海；林海外更有雲海！日的光，月的光，星的光：全是你的。從這三尺方的窗戶你接受自然的變幻；從這三尺方的窗戶你散放你情感的變幻。自在；滿足。

今早夢回時睜眼見滿帳的霞光。鳥雀們在讚美；我也加入一份。它們的是清越的歌唱，我的是潛深一度的沉默。

鐘樓中飛下一聲宏鐘，空山在音波的旁礴中震盪。這一聲鐘激起了我的思潮。不，潮字太誇；說思流罷。耶教人說阿門，印度教人說「歐姆」『O——m』，與這鐘聲的嗡嗡，同是從撮口外攝到闔口內包的一個無限的波動：分明是外擴，却又是內潛；一切在它的周緣，却又在它的中心：同時是皮又是核，是軸亦復是廓。『這偉大奧妙的『Om』使人感到動，又感到靜；從靜中見動，又從動中見靜。從安住到飛翔，又從飛翔回復安住；從實在境界超入妙空，又從妙空化生實在：——

『聞佛柔軟音，深遠甚微妙。』

多奇異的力量！多奧妙的啟示！包容一切衝突性的現象，擴大霎那間的視域，這單純的音響，於我是一種智靈的洗淨。花開，花落，天外的流星與田畦間的飛螢，上綰雲天的青松，下臨絕海的巉巖，男女的愛，珠寶的光，火山的溶液：一嬰兒在它的搖籃中安眠。

○　○　○　○　○

這山上的鐘聲是晝夜不間歇的，平均五分鐘時一次。打鐘的和尙獨自在鐘頭上住着，據說他已經不間歇的打了十一年鐘，他的願心是打到他不能動撣的那天。

鐘樓上供着菩薩，打鐘人在大鐘的一邊安着他的『座』，他每晚是坐着安神的，一雙手挽着鐘槌的一頭，從長期的習慣，不叫睡眠躭誤他的職司。『這和尙，』我自忖，『一定是有道理的！

和尙是沒道理的多：方才那知客僧想把七竅蒙充六根，怎麼算總多了一個鼻孔或是耳孔；那方丈師的談吐裏不少某督軍與某省長的點綴；那管半山亭的和尙更是貪嗔的化身，無端摔破了兩個無辜的茶碗。

但這打鐘和尙，他一定不是庸流不能不去看看！』他的年歲在五十開外，出家有二十幾年，這鐘樓，不錯，是他管的，這鐘是他打的（說着他就過去撞了一下），他每晚，也不錯，是坐着安神的，但此外，可憐，我的俗眼竟看不出什麼異樣。

他拂拭着神龕，神坐，拜墊，換上香燭，掇一盂水，洗一把青菜，捻一把米，擦乾了手接受香客的布施，又轉身去撞一聲鐘。 他臉上看不出修行的清癯，却沒有失眠的倦態，倒是滿滿的不時有笑容的展露；念什麼經；不，就念阿彌陀佛，他竟許是不認識字的。 『那一帶是什麼山，叫什麼，和尙？』 『這裏是天目山，』他說。 『我知道，我說的是那一帶的，』我手點着問。 『我不知道，』他回答。

○ ○ ○ ○ ○

山上另有一個和尙，他住在更上去昭明太子讀書臺的舊址，蓋着幾間屋，供着佛像，也歸廟管的，叫作茅棚。 但這不比得普渡山上的眞茅棚，那看了怕人的，坐着或是僵着修行的和尙沒一個不是鵠形鳩面，鬼似的東西。 他們不開口的多，你愛布施什麼就放在他跟前的簍子或是盤子裏，他們怎麼也不睜眼，不出聲，隨你給的是金條或是鐵條。 人說得更奇了。 有的半年沒有喫過東西，不曾挪過窩，可還是沒有死，就這冥冥的坐着。

他們大約離成佛不遠了，單看他們的臉色，就比石片泥土不差什麼，一樣這黑刺刺，死殭殭的。『內中有幾個，』香客們說，『已經成了活佛，我們的祖母早三十年來就看見他們這樣坐着的！』

但天目山的茅棚以及茅棚裏的和尚，却沒有那樣的浪漫出奇。茅棚是儘夠蔽風雨的屋子，修道的也是活鮮鮮的人，雖則他並不因此減却他給我們的趣味。

他是一個高身材，黑面目，行動遲緩的中年人；他出家將近十年，三年前坐過禪關，現在這山上茅棚裏來修行；他在俗家時是個商人，家中有父母兄弟姊妹，也許還有自身的妻子；他不曾明說他中年出家的緣由，他只說『俗業太重了，還是出家從佛的好，』但從他沉着的語音與持重的神態中可以覺出他不僅是曾經在人事上受過磨折，並且是在思想上能分清黑白的人。

他的口，他的

眼，都洩漏着他內裏強自抑制，魔與佛交鬥的痕跡；說他是放過火殺過人的懺悔者，可信；說他是個回頭的浪子，也可信。　他不比那鐘樓上人的不着顏色，不露曲折：他分明是色的世界裏逃來的一個囚犯。　三年的禪關，三年的草棚，還不曾壓倒，不曾滅淨，他肉身的烈火。『俗業太重了，不如出家從佛的好』；這話裏豈不顫慄着一往懺悔的深心？　我覺着好奇；我怎麼能得知他深夜趺坐時意念的究竟？

佛於大衆中　說我當作佛　聞如是法音　疑悔悉已除

初聞佛所說　心中大驚疑　將非魔所說　惱亂我心耶

但這也許看太奧了。　我們承受西洋人生觀洗禮的，容易把做人看太積極，入世的要求太猛烈，太不肯退讓，把住這熱虎虎的一個身子一個心放進生活的軋床去，不叫他留存半點汁水回去；非到山窮水盡的時候，決不肯認輸，退後，收下旗幟；並且即使承認了絕望的表示，他往往直接向生存本體的取決，不來半不闌珊的收回了步子向後退：寧可自殺，甘脆的生命的斷絕，不來出家，那是生命的否認。不錯，西洋人也有出家做和尙做尼姑的，例如亞佩臘與愛洛綺絲，但在他們是情感方面的轉變，原來對人的愛移作對上帝的愛，這知感的目體與它的活動依舊不含糊的在着；在東方人，這出家是求情感的消滅，皈依佛法或道法，目的在自我一切痕跡的解脫。再說，這出家或出世的觀念的老家，是印度不是中國，是跟着佛敎來的；印度可以會發生這類思想，學者們自有種種哲理上乃至物理上的解釋，也儘有趣味的。中國何以能容留這類思想，並且在實際上出家做尼僧的今天不比以前少（我新近一個朋友差一點做了小和尙！）這問題正值得研究，因爲這分明不僅僅是個知識乃至意識的淺深問題，也許這情形儘有極有趣味的解釋的可能，我見聞淺，不知道我們的學者怎樣想法，我願意領教。

（十五年九月）

鷂鷹與芙蓉雀

（我有一次問太谷爾在近代作者裏他最喜歡誰；他說他就喜歡赫孫。）

有一天早上，跟着一羣衣服整潔的人們走道，無意中跑進了一處大教堂，我在那裏狠愉快的躭了一個時辰，傾聽一位大牧師講道的口才。他講天才。這題目並不是約書上來的，並且與他的講演別的部分也沒有多大的關連；這只是一段插話，在我聽來是十分有趣的。他開頭講我們生活上多少感受到的拘束，講我們內在的想望，那是運定沒有實現的一天，只叫生命的短促嘲弄。正當講到這一點的時候——竟許他想着了他自己的身世——他的話轉入了天才的題目；他說一個人有了天然的異稟往往發見他的身世比平常人格外的難堪；原因就在他的想望比別人的更高，因之他所發見現實與他的理想間的距離也就相當的加遠了。這是極明顯的，誰都知道；但他說明這層道理所用的比喩卻眞的是從詩的想像力裏來的。平常人的生活他比作關在籠子裏的芙蓉雀的生活。講到這裏，也忽然放平了他那威嚴的訓道的神情，並且從他那深厚，響亮的嗓音——假如我可以杜撰一個字——「小成了」一種脆薄的荻管似的尖調，竟像是小雀子的輕囀，連着活潑的語言，出口的快捷，適應的輕靈的姿態與比勢，他充分的形容了在金漆籠子裏的那位檸檬色的小管家。喔，他叫着，她的生活是多麼漂亮，多麼匆忙，她管得着的事情又多麼多！看她多麼靈便的從這橫條跳上那橫條，從橫條跳到籠板上，又從籠板跳回橫條上去！看她多麼欣欣的不時來啄了一嘴細食，要不然趁高與一搖頭又把嘴裏的細食散成了一陣驟雨！看她那好奇的神情，轉着她那亮亮的眼珠看看這邊，又看看那邊，一點新來稀小的聲響，她都得凝神的傾聽，眼前什麽看得見的東西，她都得出神的細看！她不能有一息安定，不叫就唱，不縱就跳，不吃就喝，扭過頭去就修飾她的羽毛，至少每分鐘得做十多樣不同的勾當；這來忙住了，她再也沒工夫去廻想她的世界是寬是窄——她再也不想想這籠絲圈住了她，隔絕了她與她所從來的偉大的世界，風動的樹林，晴藍的大空，自由輕快的生涯，再不是她的了。

這番話聽着狠俏皮，實際上也對，當場聽的人全都有了笑容。

但說到這里他那快捷的姿態與比勢停住了，他緘默了一晌。他那蒼老的威嚴的面上罩上了一層雲；他站直了，把身子向左右搖擺了一下，理整了他的黑袍，舉起他的臂膀，正像一隻大鳥舉起他那長羽翮的膀臂，又放了下去，這樣來了三兩遍；他說話了，他的聲音是深沉的，合節度的，好像表示憤怒與絕望：『但是你們有沒有見過一隻關在籠子裏的大鷹？』

這來對比的意致是眞妙。他又搖擺了一下，舉起重復放下他的臂膀，這時候他學的是那異樣的大鷲的垂頭；在我們跟前就站着我們平常在萬牲園裏見慣的『雷神的大禽』；他那深陷的悽情的眼睛直穿透着我們看來；掀動着闇色的羽毛，舉起他那厚重的翅膀彷彿要插天飛去似的，但轉瞬間又放了下去，嘴裏發出那種長引的慘刻的叫聲，正像是對着一個蠻橫的運命發洩他的悲憤。他接着形容給我們聽這鷲禽在絕望的囚禁中的生活；他那嚴肅的巉嚴的面目，沉潛的膛音，意致莊重的多音字，沒一樣不是恰巧適合他的題材，他的叙述給了我們一個沉鬱莊嚴永遠忘不了的一幅畫圖——至少（像我這樣）一個禽鳥學者是不會忘的。

不消說他這一段話着實使在場大部分人感動，他們這時候轉眼內觀他們本性的深處彷彿見着一星星，也許還不止一星星，他方才講起的那神靈的異稟，但不幸沒有得到世人的認識；因此他一時間竟像是對着一大羣囚禁着的大鷹說話，他們在想像中都在撣動着他們的羽毛，豁插着他們的翅膀，長曳着悲憤的叫聲，抗議他們遭受的厄運。

我自己高興這比喻爲的却是別一個理由；就爲我是一個研究禽鳥生活的，他那兩種截然不同對比的引喩，同是失却自由，意致却完全異樣，我聽來是十分的確切，他那有聲色有力量的敘述更是不易。因爲這是不容疑問的事實，別的動物受人們任意虐待所受的苦惱比罪犯們在牢獄中所受的苦惱更大；芙蓉雀與鷂鷹雖則同是大空中的生靈，同是天賦有無窮的活力，但他們各自失却了自然生活所感受的結果却是大大的不同。

就它原來自然的生活看，小鳥在籠子裏的生活比大鳥在籠子裏的生活比較的不感受拘束。他那小，便於棲止的結構，他那縱跳無定的習慣，都使它適宜於繼續的活動，因此它在籠絲內投擲活潑的生涯，除了不能高飛遠颺外，還是與它在籠外的狀態相差不遠。還有它那靈動，好奇，易受感動的天性實際上在籠圈內討生活倒是有利益的；它周遭的動靜，不論是小聲響，或是看得見的事物，都是，好比說，使他分心的機會。還有它那豐富的音樂的語言也是它牢籠生活的一個利益；在發音器官發展的禽鳥們，時常練習着歌唱的天資，於它們的體格上當然有關係，可以使它們忘却囚禁的拘束，保持它們的健康與歡欣。

但是鷹的情形却就不同，就爲它那特殊的結構與巨大的身量，它一進牢籠時眞成了囚犯，從此辜負它們天賦的奇才與強性的衝動，不能不在抑鬱中銷沉。你儘可以用大塊的肉食去塞滿它的腸胃要它叫一聲『夠了』；但他其餘的器官與能耐又如何能得到滿足？　它那每一根骨格，每一條筋肉，每一根纖微，每一枝羽毛，每一節體膚，都是貫徹着一種精力，那在你禁它在籠子裏時永遠不能得到滿足，正像是一個永久的餓慌。你縛住它的脚，或是放它在一個五十尺寬的大籠裏——他的苦惱是一樣的。就只那無際的藍空與稀淡的冷氣，才可以供給它那無限量的精力與能耐自由發展的機會，它的快樂是在追趕旁礴的風雲。這不僅滿足它那健羽的天才，它那特異的視力也同樣要求一個遼闊的天空，才可以施展它那隔遠距離明察事物的神異。同時它們當然也與人們一樣自能相當的適應改變了的環境，否則它們決不能在囚禁中度活，吞得到的只是粗糙的冷肉，入口無味，腸胃也不受用。一個人可以過活，並且竟許還是不無相當樂趣的，即使他的肢體與聽覺失了效用；在我看這就可以比稱籠內的鷙禽，它的拘禁使他再不能高飏，再不能遠眺，再不能恣縱刼掠的本能。

（十四年十一月）

生命的報酬

(By Yoi Maraini)

大戰完結那一年瑪利亞十九歲，她每回上街的時候沒有一個過路的男子不停下步來相相她的。她的頭髮是黑色的，天生起浪紋的，分開在當中。她有勻淨的肌膚，看着新鮮；她長得飽滿，她的瘦小的骨格都叫勻勻的蓋住了——差不多可說是近於肥了——但她的可還是一種年青的腴滿，就像是小孩子起暈渦的皮肉，看着叫人歡喜。

就在這時候她碰着了季諾，他是在前敵受了傷被送回到翡冷翠一個醫院裏來調養的。他長得高，一個好看的少年，那時候養長頭髮往後面挪的式樣還只剛起頭，他就是最早的一個，這來翡冷翠的少年看着就像五百年前古畫裏他們祖宗的樣兒了。季諾的行業是一個機匠，這名稱，在一班人的口裏，就包括自行車行裏的徒弟，快車上的車手，各種機器的發明者，或是穿着一件藍圍身手拿着破爛的油布站近一架摩托卡的一類人。他在一家汽車行裏做事，瑪利亞要曉得的底細也就到此爲止；此外呢，那汽車行在那裏，因爲這來她每回覺着沒有他不辦的時候她就可以走過去，叫他出來談一個短天，或是什麼。

但這樣情形當然是在打仗結束以後，那時候季諾就算是一個得勝的英雄，囘老家撲鬥共產主義來了。

他在醫院裏好痊以後還得到前敵去，這來瑪利亞就漸漸的變成了一個愁苦的，成天想心思的人了。她也沒有別的事情來擾動她的心因爲在他回去打仗前他爲不放心她每天獨身來往已經逼着不讓她再到阿諾河邊一家衣服鋪子上工去了。他要她在家裏做事，並且有法想的話就在緊鄰找生活做。

起初她媽不願意這辦法，因爲瑪利亞做工

賺的錢狠像樣，後來還是季諾把她講通了，反正她自己也在一家廠裏做事，每天不能送瑪利亞上工或是接她下工，一個定了親的女孩子究竟應得檢點些，還是安安穩穩的在家裏做些針線來得合式。這來她上街買東西也不去了，要什麽的時候，就託一個老婆子去代辦，那邊隣居有的是專替一班過分忙的人家上街攢幾個小錢過日的，空下來的時候她們就坐在小舖子門口說閒話。

季諾這回回來再不出去了。他們一定得趕緊結婚了，他說：他再不能等了。可是瑪利亞就住在她媽的一間屋子裏，結婚的話，總不能女壻丈母擠一屋子住，就得另外想法才是。

他就幫着找屋子去了。季諾還是照樣的熱，雖則瑪利亞近來倒變沉靜了。他是一個熱性的，好心腸的男子，頂着急的要開始他們共同的生活。可是沒有提另一間房這件事，就是瑪利亞一生悲慘的張本。

平常我們不易看清楚究竟在那一點運命給我們打起一座牆，永遠隔絕了我們的希望，但是瑪利亞到了事後回想的時候總這麼想：只要娘多有一間屋子，我這輩子的生活就整個兒的兩樣了。 她有的是一種超凡的「悉聽天命」的品格，所以假如有人眞能了解她時他會得不僅愛她品性的柔和，並且愛她靈性的聖潔。 可就這一點也就是她倒運的一部分理由。 慈善，好，是男人盼望他的媽的德性，可是他妻子一定得近人情，與他自己一樣。 至於她的『人情』，自有他在看着，他信，不會得變成軟弱的。

日子過去了，房子還是沒有找着。 瑪利亞做工狠勤，賺下來的錢買了一點家用的布紗，另外還放開幾個。 有時候，到晚上，大約每星期一次，她伴着季諾出去走路或是上電影館，她媽總是伴着，雖則這時候季諾還是法西士的黨員，不但頂忙，並且隨時有很大的危險。

也是她的不幸，瑪利亞住家的一帶工人居多，不少都是暴烈的共產黨，所以她後來不得已單身上街買喫的或是做工的材料時（她媽在一個機匠家裏找到了一個工錢不壞的事情，帶着他家的孩子們出來散步），就因爲她定給了一個法西士黨，她那街坊對她就頂過不去的。每囘她拿了做得的衣服上奇奧基太太家去，在一條小街上的一所小屋子裏，她老是聽着不好聽的話對着她直噴。瑪利亞在離着家不遠的那條小街上走去聽着的全是成心毀她的廢話；許多女人對着她唾唾液，叫着她惡醜的名字，有一個人趕過來突如其來的在她背上打了一下。等她到了奇奧基太太家進了她的臥室，一到那裏，她就掌不住淌眼淚哭了。

『瑪利亞怎麼回事？對我說呀，孩子，李諾沒有什麼不是？』

瑪利亞替奇奧基太太已經做了好幾年的工，奇太太知道她的身世，怎樣他們想結婚找不到房子，到這時候她又怎樣的着急爲的是法西士與共產黨每天的暗鬥。季諾倒是個好漢。就到了晚上他上街時也不來偸偸掩掩的，雖則路旁多的是專門暗算的窗戶，隨時都可以有子彈飛下來。瑪利亞一天天的變瘦，越來越憔悴了，這緊張實在是太大了。可是眼前的情形又沒有法子想；她還得做她的工，碰着麻煩也只能硬着頭皮忍了下去再說。

瑪利亞住了哭，仰起頭來望着奇太太。她那深黑的眼睛，淚汪汪的亮着烈性的勇敢。

『季諾沒有什麼。是我自己不中用這陣子忽然掌不住了。我是硬得過去的。可是你想想那一羣街坊我做小孩兒時就認識的，他們也一向喜歡我的，這時候就爲了我要愛我自己的國在大街上冲着我吐唾液，叫名字兒罵我，這可不是眞的太難了；我是愛我的國。』

『碰着了些個什麼事，瑪利亞？』

『你知道，奇太太，我們這時候過的是什麼日子。你也曾叫人家對着你丟石子爲的你是一個體面的太太，可是我呢，我還不是做苦工的女孩子——與他們沒有分別——他們不應這樣的恨我就爲我不願意跟着他們說凡是打過仗的人都該槍斃，誰要不是共產黨就是反背他自己的階級，還有我們的宗教都是撒謊。我不信，我不能信那個，我不信有那一天我們全會變成一樣的。我們全是兩樣的，我們要的也是兩樣的東西。我不能因爲人家比我有錢就恨他們，我不能唾棄我的國旗——喔，奇太太，他們說我是個賣國奴就爲我不肯學他們樣去做那些事，方才我路過的時候他們還打了我。』

說到這兒，眼睛裏亮着光，瑪利亞站得直直的，當着前胸伸出了她的一雙手臂。

「我是一個意大利人，我傲氣我是一個意大利人，傲氣做一個有過幾千年文化民族的一個。爲什麼要我恨我自己的國，爲什麼要我恨比我運氣好，比我聰明，或是比我能幹的街坊，爲什麼我得這樣做就因爲一班無知識的人告訴我這樣做，他們自己可憐吃苦受難的上了人家的當走上了迷路，那眞的出主意的人旣沒有吃過苦，也沒有遭過難哩！但是我還是照舊戴上我的小國旗，縫在我衣上的，就使我們因此殺了我也是甘心的。」

奇太太頂驚異的看着這女孩子。她自己逼窄的舒服的生活，新近爲了共產黨到處的鬧也感覺不安穩與難過，這一比下來顯得卑鄙而且庸劣了。她也曾囉哆過，可是她不敢給人家辯論；她每天上街去就穿上頂克己的衣服爲的是要躲免人家的注目；這兒在她的跟前，是一個做上的女孩子，她有的是這樣奇異的勇敢，見天的忍受她自己街坊的罵，打，就爲是她信仰她自己的國，信她自己是對的，膽敢戴着她信仰的徽章昂昂的上街去走——一個十字架，一塊國旗。

瑪利亞的話在聽她的那個呆頓的心裏激動了一點他從來不曾知道過的什麽。這才頭一次她抓住了一個離着她每天的小煩惱老遠着的理想；她的丈夫，飯食，衣服，東西貴，這類的事情，在這刹那間，在她也看得沒有，同時街上的危險，不防備的鎗聲，罵街婦女們的怪叫等等一些事情，提另發生了意義。在這些個事情裏有一點子什麽比僅僅的安逸與和平重要得多。他們是對的，要不然他們就是錯的，她從來沒有從這個光亮裏着想過，在她原來看來那班人只是一羣野畜生齦斷了鐵鍊咬人來了，但是瑪利亞的一番話却提醒了她，她這才明白有苦惱在後背趕他們才會往殘暴的惡怒裏跑，同時給瑪利亞膽量去擋着他們的就只一個理想。有一陣子她發瘋似的想跪下去親吻那女孩的脚，但是她的訓練，把一切過分的行爲全認作錯的教育，救全了她，所以她雖則明認她當前是一個女英雄，同時她也沒有忘記她只是一個做衣服的女工，她來是替她試新衣來了。

○　○　○　○　○

這來瑪利亞原先有的年青的豐姿全沒了。她的美變成了完全精神性的了。季諾有時候帶她出去有點兒不滿意了。誰也不來對她看了，誰也不艷羨他了。他私下希冀着這無非是暫時的，就比如一個影子一會兒就過去的，同時正如他自己有膽量蔑視危險，甚至忍受他的結婚的遷延，她也應得跟着他一路走，慢慢的自會得恢復她的美麗的姿色與瘦削了的豐腴。可是過了一時他不由得不懷疑瑪利亞有完全回復的那一天，結果就在他沒事的晚上東蹓西張的想找個把比她快活比她隨便的來伴着他玩。他媽新近有了個主意，要是他願意到廚房睡去她就可以把走道堵起來，割出櫃子大的一間小房租給她的一個內姪女，她的媽要離開翡冷翠到別處去，可是她得把女兒留了，她現在一家成衣舖學做衣還沒有滿師。這時候吃食來得貴，賺來的錢雖則像樣總是不夠的，她媽還得每星期寄錢給一個住在比魯奇亞的女兒，一家四口的戰後寡婦——季諾贊成了他媽的辦法，一半天阿達就進他們家合住來了。

她到了以後第二天晚上瑪利亞上季諾家去看他。她媽近來讓她自由多了，所以她這回單身去的，她坐了不多一會兒，季諾要她一同出去散步，他們倆就離了家，一路笑着，樂意兩口子又在一起了。

『她長得頂美的，』他們一走完那暗沉沉的扶梯走上一條傾向河邊的小街時瑪利亞就先說話。

『不壞，』季諾說。他這時候覺着聽過了方才新來住客那沙勁兒的嗓子再聽瑪利亞深沉的溫存的口音頂舒服的。

『你想她會不會給你要好季諾？』

季諾，受了恭維似的，伸出他的長手指擄着他的頭髮。『胡說白道！她爲什麼來？』

『喔，她來得年輕，你長得太好看。』

『這也不夠理由，她知道我就快給你結婚的。』

『他知道嗎？』

『當然她知道。』：這下瑪利亞覺着靠穩了。

過了幾天她得上街去找些綠綢子配一身衣服，她走過西尼奧利亞廊下的時候她看見阿達與季諾一同坐在一家咖啡館裏。她起初想走上去，給他們一起坐着談天，但是不，她走她的，買了她的東西，急急的趕回家去哭了。那晚上她會着季諾，可沒有對他提她見着了什麼。他還是他那老樣子，對她頂好的，過了一會兒，她也就忘了她的妬忌與她的疑心，實在她也頂樂意忘了。

又過了六個星期，那晚他倆一起在河邊走路，一陣涼風從北面過來吹跑了夏天晚上叫人迷酥那軟味兒，季諾忽的把她緊緊的靠身摟着。

『聽我話，瑪利亞，爲了愛我你什麼都受過了。假如我可以把文書弄到，你肯不肯立刻結婚——立刻——你來跟我媽我爸同住？』

『阿達不是在那兒嗎？』

『我們可以另替她想法子。』

『可還有你的媽。她那脾氣不是容易同住的，你的房間兩個人住也顯太小。你還得上廚房睡去。那算什麼結婚。』

『我知道，我知道，可是你得趕快決定，馬上——今晚——要不然我就說不定有沒有事情發生。』

但是瑪利亞那晚上還是沒有決定。

○　○　○　○　○

忽然間什麼事都鬆動了下來。兵進羅馬以後——季諾就是最先過拔亞門的一個——國事就顯得平靜了，人民也安居樂業了。瑪利亞認識的那一班女人，在一九二〇那年她們唾罵她，侮辱她，穿着赤綢子衣服，戴着大紅花上共產黨跳舞會去跳舞的一班，這來全變樣了，政見全變了，她們還是混着跳舞鬧的一羣男人們的政見也全變了，剝下了烈燄似的紅衣，換上了黑綢的襯衫了。這來瑪利亞的地位也變樣了，她自己覺着奇怪人家把她看作女英雄似的什麼了——她不見得高興，就覺得奇怪，她對她媽說『從前她們唾我罵我的時候她們倒是認眞的，可是現在她們認眞嗎？還不就只是一羣只知道討好男子的女人？」

她娘的運氣也好些了，盼望在六個月內可以搬進一幢新屋子，騰得出房間來給季諾住，她提另還可以給女兒一間廚房——兩家合住就這廚房有趣。瑪利亞這才放寬了一點心，她好容易有希望來過舒服快活的日子了。年輕還是她的，再說呢，二十五歲年紀終究還說不上老，雖則你蹲在十六七妙齡的玫瑰花朶上望到這年紀許覺着過分的恐慌。她還是一樣可以向前望，哈哈，幸福，全在前面，還有到手小囝囝的那一天，荒謬絕倫的可愛的小囝囝——稀小，乾凈，聞着香噴噴的。

她這時候正從那鐵橋走向阿爾格來齊橋，好容易掙過了那幾個難年，往往心坎裏老是懷着鬼胎，她的青春都叫毀了，今天才放了心了。什麼事都回復平靜了。阿諾河的河身也看着寬一點；雪尼奥里亞的高塔，力量與堅定的象徵，照舊站着，襯出淺色的早黃昏天。前兩天打雷下大雨下了一整天，所以那河雖則時候不對也是滿滿的。她在河邊站了一會兒，看街孩們浸在水裏潑水鬧。多快活的小人兒！小囝囝長大了當然就變了這頑皮的小鬼。時候快得狠。那一天她上了年紀，跟前一羣年輕人，她的兒子們，就來問她商量他們看中了的女孩子們，那些女孩子們也一定是好脾氣頂溫柔的，黑頭髮當中間分開的。

她慢慢的走過去。等到她快走近那橋，她忽然看見季諾在半黑的黃昏裏與阿達一起站着，手抄着她的腰，靠着河邊的石闌上看河。他們倆一頭笑，一頭軟軟的講着話。

瑪利亞停了步，心裏一陣子狂跳，掌不住開口問了，聲音異樣的粗糙，『季諾，這算什麼意思？』

他轉過身來活像一隻喫了鞭子的狗。

「你記得有一天我問你趕快決定。　我不是石頭做的，阿達她愛我。」

瑪利亞的聲音還是柔和的，但她的話就像一把快刀直斬進了季諾的自大的虛榮心。

「可是我愛你，季諾。　我愛你挨過了這不少的難年，這來好容易太平了，你——你——你愛的倒是阿達——不是我。」

阿達可沒有受瑪利亞的聲音的感動，她也看不出她的情敵有那一點說得上美或是媚，她那帶愁的一雙眼，她那慘白的端正的相貌。阿達，有的是捲彎兒的頭髮，小牛似的脖子，大奶子，堅實的高擱的後部，穿着一身明顯出她那粗俗的身體的點線曲折的衣服，站在那裏正像是一座「繁殖勝利」的次等石碑，在她的面前瑪利亞是「貞女苦難」的眞身。她把季諾推在一邊。她高聲說話時他低着頭委了開去。『季諾得娶我。歸根說、年輕的是我，』——她的十六歲的眼對着那年紀大些的女子瞟着一種兇惡的傲慢——『况且這全是他自己不好，就是他媽這時候也說他有立刻與我結婚的義務。』

（十四年十月）

從小說講到大事

我最厭怕謡譯，尤其是小說，但這篇短篇也不知怎的竟像它自己偪着我把它謡了出來。原文載在London Mercury的九月號。我想有幾層理由爲什麼我要謡這篇給你們看，第一這篇小說本身就寫得不壞；緊湊有力；第二它的背景是我的新寵翡冷翠，文裏的河，街道，走廊，鐘塔，橋，都是我幾月前早晚留戀過來的；第三這小說裏順便點出的早幾年意大利的政情於我們現在的政情狠可比較，有心人可以在這裏得到歷史的教訓。單說這末了一點。小說裏的瑪利亞不僅是代表人的意志的貞，品格的潔，與靈魂的勇敢，她也代表，我們可以說，意大利或是任何大民族不死的國魂。正如一條大河，風暴時翻着浪，支流會合處湍急，上源暴發時汹湧，陽光照着時閃金，陰雲蓋着時慘黑，任憑天時怎樣的轉變，河水還是河水，它的性是不變的，也許經受了風雨以後河身更展寬一些，容量更擴大一些，力量更加厚一些；同樣的一個民族在它的沿革裏自然的發展了它的個性，任憑經受多少次政治的，甚至於廣義的文化的革命，只要它受得住，河道似的不至泛濫不至旁竄改向，他那性還是不變，不但不變，並且表面的擾動歸根都是本原的滋補。

眞的一個個人的靈性裏要沒有，比象的說，幾座火燒焦的殘破的甚至完全倒踢的雷峯古塔，他就使有靈性也只是平庸的，沒趣味的，淺薄的；民族也是的，在那一個當得住時間破壞力的民族的靈魂裏，就比在它的軀殼裏，不是櫛比的排列着偉大的古跡？

一個人的意志力與思想力不是偶然的事情：遠一點說，有他的種與族的遺傳的來源，近一點說，有他自己一生的經驗。造成人格的不是安逸的生活與安逸的環境：是深入骨髓的苦惱，是慘酷的艱難；造成國民性或國魂的是革命。在這裏我們可以看出在分明破壞性的事實裏，往往涵有眞建設的意義。在平常的時候，國民性比較淺薄甚至可厭或可笑的部分，可以在這民族個人裏看出；到了非常的時候，它的偉大的不滅的部分在少數或是甚至一二人的人格裏要求最集中最不可錯誤的表現。我們是儒敎國，這是逃不了的事實。儒敎給我們的品性裏有永遠可珍的兩點，一是知恥，一是有節，兩樣是連着來的。極端是往往碰頭的；因此在一個最無恥的時代裏往往挺生出一個兩個最知恥的個人，列如宋末有文天祥，明末有黃梨洲一流人。在他們幾位先賢，不比當代我們還看得見的那一羣遺老與新少，忠君愛國一類的概念脫卸了膚淺的字面的意義，却取得了一種永久的象徵的意義，他們拚死保守的不是幾套爛墨卷，不是幾句口頭禪，他們是爲他們的民族爭人格，爭「人之所以爲人」，在這塊古舊的碑上刻着歷代義烈的名字，漬着他們的血，在他們性靈的不朽裏呼吸着民族更大的性靈。瑪利亞，一個做手工的賤女，在這篇小說裏說：『但是我還是照舊戴上我的小國旗，縫在我衣上的，就使因此他們殺了我也是甘心的。』我們可以想像當初文天祥說同樣的一句話，我們可以想像當初黃梨洲說同樣的一句話。現在呢？我們離着黃梨洲的時代快三百年了；並且非常的時候又在我們的頭上蓋下來了。儒教的珍品——恥，節——到那裏去了？我們張着眼看看，我們可以尋到一百萬個大簍子裝得滿滿的儒弱，或是三千部箱車運不完的卑鄙，但是我們却不易尋到指頭上撚得出或是鼻觀裏聞得出的一點子勇敢，一點子恥心，一點子節！在王府井大街上一晚有一百多的同胞跟在兩個行凶的美國兵背後聯聲喊打，却沒有一個敢走近他們，別提動手；這事實裏另有一個「幽默」現代評論的記者不會看出來的，就是我們中國人特有的一種聰明——他們想把恇怯合起來，做成他一個勇敢！而且你們可以相信，這種現象不僅是在王府井大街上看得到！倒好像拚攏一羣灰色的耗子來可以變一個貓，或是聚集一百萬的蝨子可以變一隻老虎！瑪利亞只靠了她自己不大明白的一個理想；『我是愛我的國』她說，究竟爲什麽愛，她也不定說得分明，她只覺得這樣是對的。是對的！這是力量，這是力量。在這一個小小想像事實的跟前，莫索里尼失去了他的威風，拿破崙的史跡沒有了重量；這是人類不滅性本體的表現。多可愛呀這單純的信仰！多可親呀這精神的勇敢！

我們離着意大利有萬千里路程；你們也許從沒有見過一個意大利人；他們近年來國運的轉變，戰前戰後人民遭受的苦痛，我們只看作與長安街上的落葉一般的不關緊要。但在瑪利亞口音裏，只要你有相當的想像力，你可以聽出意大利民族的聲音；豈止，人類不滅性在非常的時節最集中最不可錯誤的聲音。我們應當在這裏面發現我們自己應有的聲音，現在叫重濁的物質生活生生的壓在裏面，但這時代的緊急正在急迫的要求它再來一次的吐露。我們還可以在那位奇奧基太太的描寫裡找着我們自己怪寒傖的小影：『她自己偪窄的舒服的生活，新近爲了共產黨到處的鬧也感覺不安穩與難過，這一比下來顯得卑鄙而且庸劣了。』我們每天上街去，也與奇太太一樣聰明，就揀一件『頂克己的衣服穿上爲的是要避免人家的注目。』瑪利亞有胆量『戴着她信仰的徽章昂昂的上街去走——一個十字架，一塊國旗；』你自己查考查考你每天戴着上街去的是什麼徽章——國務院的？憲法起草會的？還是懦弱與苟且的徽章？這次我碰着不少體面人，有開廠的，有辦報的，有開交易所的，他們一聽見我批評共產，他們就拍手叫好，說這班人眞該死，眞該打，成心胡鬧，不把他們趕快打下去這還成什麼世界？　唔！　好讓你們坐汽車的坐汽車，發橫財的發橫財，娶小老婆的娶小老婆！　在他們看來，正如小說裏的奇太太看來，『那班人只是野畜生齕斷了鐵鍊亂咬人來了。』　單只從爲給這班人當頭一個教訓看法，什麼形式的搗亂在上帝跟前都取得了許可。　他們那瞞盰的漆黑的心窩裏從沒有過一絲思想的光亮，他們每晚只是從自私的裏床翻身到自利的外床，再從自利的外床翻回到自私的裏床！　同時這時代是眞的危險，所有想像得到與想像不到的災殃都像烘乾了的爆竹似的在庭心裏放着，只要一根火紙就夠着了。　災難，危險，你們想躲嗎？　躲是躲不了的；災難，危險，是要你去擋的，是要你去抗的，是要你伸手去擒的；你擒不住它，它就帶住了你。　只有單純的信仰可以給我們勇敢。　只有單純的理想可以給我們力量。「他們是對的，要不然他們就是錯的，」奇太太受了瑪利亞的感動第一次堅決的這樣想。我們在沒有瑪利亞這樣人格搖醒我們的神志以前，我們至少得憑常識的帮助，認清眼前的事物，澈底的想它一個澈底。這「敢想」是靈性的勇敢的進門；敢反着你自以為見解的見解想，是思想的勇敢的初步。在你不能認真想的時候你做人還不够資格；在你還不能得到你自己思想的透徹時你的思想不但沒有力量並且沒有重量；在你不能在你思想的底裏發現單純的信心時勇敢的事業還不是你的分；——等到你發見了一個理想在你心身的後背作無形的動力時，你不向前也得向前，不搏鬥也得搏鬥，到那時候事實上的勝利與失敗倒反失却了任何的重要，就只那一點靈性的勇敢永遠不滅的留着，像是天上的明星。

瑪利亞只是個極尋常的女子；她沒有受過高深的教育，她只是個工女；但一個單純理想的靈感就使她的聲音超越的代表意大利民族的聲音，高傲的，淸越的，不可錯誤的。莫索利尼法西士的成功，不是因爲他有兵力，不是因爲法西士主義本體有什麼優殊，也不完全因爲他個人非常的人格；歸根說成功的政治家多少只是個投機事業家。他就是一個。我們不必到馬契亞梵立（Machiaveli）的政論裏去探討法西士主義的遠源，不必問海格爾或是尼采或是甚至馬志尼的學說裏去墾尋『神異的』莫索里尼的先路；他的成功的整個的秘密，我們可以說，我們可以在這想像的工女瑪利亞的聲音裏會悟到。你們要知道大戰後幾年在意大利共產與反共產的鬥爭不只是偶爾的爆發，報紙上的宣傳，像我們今天在中國開始經嘗的；至少在那邊東北部幾個大城子裏這門爭簡直把街坊畫成了對壘的戰濠，把父子兄弟朋友逼成了扼咽喉的死仇——這情形我怕我們不久也見得着，雖則我們中國人的根性似乎比西方人多少緩和些（但這有時是我們的賊不是我們的德）。其實你只要此刻親自到廣東去就可以知道人類烈情壓住理智時的可怖——就是在政治上。但這極端性，我說，正是西方人的特色，這來兩方搏鬥的目標就分明的揭出，絕對的不混，不含糊——不比我們貴國的打仗，姑且不問他們打仗的平時究竟有沒有主義在心頭，並且即使在他們昌言有的時候你還是一分鐘都不能相信說紅的的確是紅，說青的的確是青。因此我們多打一回仗，只是加深一層糊塗，越打越糟，越打越不分明。這正是針對着那一班人，無忌憚的自知私利，無忌憚的利用一切，我們應得聳起了耳朵傾聽瑪利亞的聲音。她說：——

『我是一個意大利人，我傲氣我是一個意大利人，傲氣做一個有過幾千年文化民族的一個。為什麼要我恨我自己的國，為什麼要我恨比我運氣好，比我聰明，或是比我能幹的街坊，爲什麼我得這樣做，就因爲一班無知識的告訴我這樣做，他們自己可憐吃苦受難的上了人家的當走上了迷路，其實那眞在背後出主意的旣沒有吃過苦也沒有遭過難哩！……』

還有一班專趕熱鬧的在紅色得意的日子就每晚穿上『紅綢子衣服戴着大紅花上共產黨跳舞會去跳舞』，回頭紅色叫黑色打倒了的時候他們的辦法還是一樣的簡單，他們就來欣欣的『剝下了烈餤似的紅衣換上了黑綢的襯衫』！　他們會有一天『認眞』嗎？

所以瑪利亞與她無形的理想站在一邊；在她對面的是叫苦難逼得沒路走同時叫人煽惑了趨向暴烈的無辜平民與他們的愚闇，躲在背後主使搗亂的一羣與他們的奸與毒，兩旁一面爬在地下的是奇太太代表的一流人物，在苟且中鬼混，一樣的只知私利，一面就是那穿上紅綢子跳舞剩下紅綢子還是跳舞的一羣。

現在時候逼緊了！我們把這幅畫記在心裏，再來張眼看看在我們中間究竟有沒有像瑪利亞那樣牢牢的抱住她的理想的一個生靈！

（十四年十月）

一九二七年八月初版
一九二八年二月再版
一九三〇年一月三版

巴黎的鱗爪

實價六角

著作者　徐志摩

發行者　新月書店
上海四馬路中市

图书在版编目(CIP)数据

巴黎的鳞爪 / 徐志摩著. -- 天津 : 百花文艺出版社, 2020.12(2022.4 重印)
(现代文学名著原版珍藏. 第二辑)
ISBN 978-7-5306-7896-1

Ⅰ. ①巴… Ⅱ. ①徐… Ⅲ. ①游记-作品集-中国-现代 Ⅳ. ①I266.4

中国版本图书馆 CIP 数据核字(2020)第 231592 号

巴黎的鳞爪

BALI DE LINZHAO

徐志摩 著

选题策划:唐冠群　　**美术编辑**:张振洪
责任编辑:徐丽梅
出版发行:百花文艺出版社
地址:天津市和平区西康路 35 号　**邮编**:300051
电话传真:+86-22-23332651(发行部)
+86-22-23332656(总编室)
+86-22-23332478(邮购部)
网址:http://www.baihuawenyi.com
印刷:宝蕾元仁浩(天津)印刷有限公司
开本:787×1092 毫米　1/32
字数:94 千字
印张:6
版次:2020 年 12 月第 1 版
印次:2022 年 4 月第 3 次印刷
定价:20.00元

如有印装质量问题，请与宝蕾元仁浩(天津)印刷有限公司联系调换
地址：天津市武清区大碱厂镇吉祥道10号
电话：(022)22183730　邮编：301706